la cougar

JEAN-GABRIEL GOBIN

la cougar

ROMAN

© 2016, Jean-Gabriel Gobin
Editeur : BoD – Books on Demand,
12-14 Rond-Point des Champs Elysées, 75008 Paris, France
Impression : BoD - Books on Demand, Allemagne

ISBN : 9782322114320

dépôt légal : octobre 2016

1

- Madame, s'il vous plaît ?

Debout dans le box des accusés, le regard perdu, Mado tendit machinalement ses mains au gendarme qui s'adressait à elle. Il lui passa les menottes et elle se laissa faire. C'était devenu un geste habituel, presque banal.

La salle d'audience se vidait lentement dans un brouhaha feutré, les uns commentant à voix basse le verdict qu'ils venaient d'entendre, d'autres gardant un silence qu'ils jugeaient de circonstance. Mado jeta un dernier coup d'œil vers la sortie. Julien s'éloignait. Il s'apprêtait à franchir la porte. Elle espéra qu'il allait se retourner, lui adresser un dernier regard mais il n'en fut rien. Il disparut sans qu'elle put apercevoir une dernière fois son visage.

Quelle attitude avait-il eu pendant le prononcé du jugement par la présidente de la cour d'assises ?

Hypnotisée par la femme en toge rouge

exposant la conclusion de ces cinq journées de procès, elle en avait oublié de guetter sa réaction. Longtemps elle regretterait cette distraction. Longtemps elle se demanderait si Julien avait eu pour elle un regard de tendresse, d'amour ou même de compassion. Pourquoi son attention avait-elle été captée par la lecture des attendus de la cour plutôt que par le comportement de celui qui, elle en était convaincue, lui devait tellement qu'il ne pourrait se passer d'elle bien longtemps ? Bien sûr il lui reviendrait. Il se savait redevable. A cette heure, il comptait pour elle plus que tout au monde et la réciproque était évidente. Pourtant, elle l'avait négligé un instant, un court instant, justement celui qui n'aurait pas dû lui échapper. Elle n'avait pas fini de se le reprocher.

Elle suivit le gendarme chargé de la reconduire jusqu'au véhicule qui devait la ramener à la prison. Ils descendirent les marches en direction des sous-sols du palais de justice, parcoururent les longs couloirs froids qu'elle connaissait dorénavant parfaitement puis monta dans le fourgon cellulaire comme elle l'avait fait chacun des jours précédents. Cette fois, cependant, la sensation était différente.

Elle ne reviendrait plus en ces lieux. Hier, avant-hier et tous les jours précédents, durant le trajet, elle s'était chaque fois remémoré les événements de la journée, les interprétant à sa façon, c'est à dire de la manière la plus favorable, s'obligeant même, sans vraiment y croire, à imaginer que sa liberté était au bout de ces interminables journées de procès.

Aujourd'hui, tout avait basculé. Dix-huit ans d'emprisonnement assortis d'une peine de sûreté de douze ans. Le jury n'avait eu aucune pitié. Machinalement elle fit le calcul : elle venait d'avoir soixante-neuf ans et ne sortirait donc au plus tôt qu'à quatre-vingt-un ans. Une éternité. Dans quel état physique mais aussi moral serait-elle alors ?

Quelle heure pouvait-il bien être ? Elle n'en avait aucune idée. La nuit était tombée et il pleuvait. Une pluie fine, de celles qui mouillent abondamment parce qu'elles durent. A travers la vitre grillagée du fourgon, elle pouvait apercevoir les trottoirs trempés dans lesquels miroitaient les éclairages publics ainsi que les enseignes de magasins ou les fenêtres éclairées des habitations.

Un fol espoir traversa son esprit : celui d'apercevoir Julien. Elle détaillait chaque groupe de passants dans les rues avoisinant le palais de justice mais il n'en fut rien. Au fur et à mesure que le véhicule roulait, les chances de réalisation de son rêve s'amenuisaient jusqu'à devenir inexistantes.

Elle l'imagina marchant dans la nuit. A quoi pensait-il ?

Pas demain, ni même les jours prochains, mais plus tard, dans quelques semaines peut-être, quelques mois tout au plus, il viendrait la visiter au parloir. Ils se remémoreraient alors les bons moments de leur histoire. Bien sûr, il ne serait plus question de projets d'avenir mais l'entretien des souvenirs qui n'appartenaient qu'à eux seuls serait précieux pour l'aider à maîtriser le temps, ce temps interminable qu'elle allait devoir affronter.

Le véhicule accélérait progressivement et les arrêts imposés par les feux rouges ou par la circulation devenaient de moins en moins fréquents. On s'éloignait de la ville. Mado ne regardait plus vers l'extérieur. L'espoir, nourri un moment, avait disparu et par voie de conséquence, ce qui se passait à l'extérieur ne l'intéressait plus. Elle laissa vagabonder son esprit sans parvenir à ordonner ses pensées.

Diverses séquences des différentes audiences

lui revenaient en mémoire : le défilé des témoins, les analyses des experts, les interrogatoires de la présidente, les interventions de l'avocat général. Tous ces accusateurs n'avaient rien compris. D'ailleurs ils ne pouvaient pas comprendre. Elle seule et Julien étaient aptes mais... Puis soudain elle se projetait dans l'avenir ou revenait au passé. Tout se bousculait dans sa tête, occupait son esprit si bien que le trajet lui parut plus court que d'habitude.

Comme chaque fois, une surveillante la prit en charge à la descente du fourgon pour la ramener au quartier des femmes.

Elle la suivit de sa démarche pataude sans même lui adresser un mot.

Les longs couloirs qui menaient à sa cellule, le claquement des grilles et des serrures qu'on ouvrait puis refermait à chaque franchissement, les cris de détenues résonnant dans la nuit, tout ce qui au début de sa détention l'avait si horriblement impressionnée ne l'étonnait plus. Tout n'était dorénavant que routine. Comme chacune des prisonnières, elle avait fini par s'habituer.

La porte de sa cellule se referma et elle se retrouva enfin seule. Elle avait obtenu la faveur de cet isolement pour la durée de son procès et, quelques jours encore, elle continuerait à bénéficier de ce privilège. Après, il faudrait bien s'en remettre au quotidien de la prison et subir de nouveau la promiscuité. Il n'était d'ailleurs pas impossible que, sa condamnation étant définitive, elle soit transférée dans un nouvel établissement pénitentiaire. Tout cela n'avait pour elle qu'une importance relative au moment présent. Elle avait perdu toute notion du réel. Demain, très certainement, le réveil serait difficile.

Elle n'eut même pas le courage de se déshabiller, se contenta d'ôter ses chaussures et se glissa tel quel sous la lourde couverture. Elle était si épuisée qu'elle sombra rapidement dans un sommeil profond.

2

Toute sa vie, Mado avait aspiré à être reconnue, considérée, voire admirée.

Dès sa plus tendre enfance, à l'école primaire ou peut-être même déjà à l'école maternelle, son souci permanent avait été de se démarquer de ses camarades. A défaut de briller scolairement, elle se singularisait par son indiscipline. Le moyen qu'elle avait trouvé pour s'attirer les sympathies consistait à se livrer à moult excentricités qui, certes, lui valaient nombre de remontrances de la part des adultes, mais lui permettaient de briller auprès de fillettes qui enviaient son audace alors qu'elles n'auraient jamais osé se laisser aller à pareilles insolences.

Certes, l'engouement qu'elle suscitait ne pouvait être éternel, mais elle se plaisait à le croire.

Même à un âge avancé, bien au-delà de la soixantaine, bravant le ridicule, elle persistait dans ses excès à la limite de l'hystérie, s'adonnant à toutes sortes de frasques tout juste dignes d'une préadolescente, persuadée qu'elle était de provoquer l'émerveillement de son public. Comme dit un proverbe juif : « les tonneaux vides sont ceux qui font le plus de bruit ».

Les rires complaisants, histoire de donner le change, de ceux qui étaient témoins de ses exubérances, la confortait dans l'idée qu'elle forçait leur admiration. Si elle avait pu entendre les commentaires en aparté... A vrai dire, elle préférait les ignorer.

Était-elle consciente du discrédit qu'elle jetait sur elle-même ? C'est peu probable. Que n'aurait-elle pas fait pour capter l'attention de ses semblables ?

Il est vrai que, dans un premier temps, son système fonctionnait. Se montrant avenante, elle attirait assez vite les sympathies. Pour ne pas effaroucher ses proies, elle se tenait provisoirement sur la réserve mais ce n'était qu'artificiel et éphémère. Le naturel revenant au galop, ceux qui d'emblée lui avaient accordé quelque considération révisaient assez vite leur jugement.

Issue d'un milieu, que d'aucuns qualifieraient d'ordinaire, elle s'était jurée de parvenir à intégrer une certaine bourgeoisie. Il n'en fut rien, et pour cause, mais cela ne l'empêcha pas de proclamer un peu partout sa réussite en ce domaine.

Elle prétendait aussi, sans le moindre complexe, être du monde intellectuel ce qui était pour le moins vaniteux.

N'ayant guère de goût pour les études, et surtout manquant d'acharnement, elle avait, comme bien des collégiens, intégré le lycée. Hélas, faute de travail, cela avait été un fiasco. Aussi avait-elle rapidement renoncé à la poursuite du cursus classique, assurée qu'elle était de ne jamais obtenir un baccalauréat qui d'ailleurs ne lui aurait été d'aucune utilité. Qu'aurait-elle fait de ce diplôme ? Elle n'imaginait pas entrer à l'université. Bien entendu, posséder de larges connaissances qui lui auraient permis de briller en société ne lui aurait pas déplu mais, le travail indispensable pour aboutir à ce résultat lui paraissait au-dessus de ses forces et surtout de sa volonté. Ah ! S'il avait été possible d'avoir « la science infuse » !...

Sa sœur aînée, Mariette, pour laquelle elle éprouvait un mélange d'admiration et de jalousie, ayant cédé à la vocation d'infirmière, elle entreprit de suivre le même chemin. A l'époque, le recrutement se faisait au niveau de la classe de première et la formation se limitait à deux années, ce qui lui paraissait amplement suffisant. Elle aspirait à se trouver rapidement en situation de quitter le cocon familial, d'autant plus que la relation avec sa mère et son beau-père, ainsi qu'avec ses frères et sœurs (demi-frère ou demi-sœur pour certains) n'était pas des plus sereine. Mariette seule faisait exception.

C'était l'époque que l'économiste Jean Fourastié dénomma plus tard « les trente glorieuses ». Les villes nouvelles se développaient. L'activité dans tous les domaines était intense. Les infrastructures de toutes natures se multipliaient. Parmi celles-ci, il y avait, entre autres, les hôpitaux. On recrutait en masse. Aussi avait-elle pu accéder, comme nombre de jeunes filles, à une formation qu'elle n'avait choisie que par défaut.

Plus tard, à ceux qui l'interrogèrent sur son passé professionnel, elle prétendit avoir été infirmière, précisant cependant avoir peu exercé afin de se consacrer principalement à l'éducation de ses enfants, ce qui était un doux euphémisme.

Le propos aurait mérité d'être nuancé.

N'ayant pas terminé ses études, elle n'obtint jamais, contrairement à Mariette ainsi qu'une autre de ses sœurs, le fameux diplôme qui lui aurait permis de se prévaloir du titre qu'elle s'arrogeait.

L'interruption de sa formation professionnelle – aubaine et soulagement – avait été motivée par son mariage précipité avec Léon dont elle était enceinte.

En cette année 1965, soit trois ans avant la révolution estudiantine qui allait singulièrement faire évoluer les mœurs, la majorité bien pensante considérait encore comme parfaitement immorale toute relation sexuelle hors mariage. Aussi la nouvelle de son état avait-elle été fort mal accueillie par ses parents soucieux avant tout du « qu'en dira-t-on ». Sa mère n'avait pas manqué de l'invectiver véhémentement, la qualifiant de traînée et affirmant qu'elle était la honte de la famille.

Si ces propos avait quelque caractère excessif, il n'en demeurait pas moins que ses expériences sexuelles dores et déjà accumulées laissaient pressentir une certaine forme de dépravation que l'avenir ne ferait que confirmer.

Décidément, elle ne serait jamais comme ses frères et sœurs mais elle assurait qu'elle aurait un jour sa revanche.

Pourquoi Mariette, en particulier, était-elle si différente ? D'où lui venait cette distinction naturelle, cette discrétion, cette finesse que Mado enviait tellement, jalousait, mais dont elle tirait paradoxalement une certaine fierté.

La nature ne l'avait pas gâtée : elle allait en jouer.

Comprenant qu'elle ne serait jamais en mesure de rivaliser avec son aînée, elle se composerait un personnage à l'opposé dont elle jurait qu'il ne laisserait personne indifférent.

Elle n'était pas belle, mais pas non plus excessivement laide : elle était quelconque. Sa démarche de pachyderme, les pieds tournés vers l'intérieur, le buste penché en avant, donnait l'impression que, même chaussée d'escarpins, elle traînait des godillots. Sa chevelure négligée, d'apparence toujours crasseuse, lui donnait une allure de paysanne des années mille neuf cent cinquante.

Les choses ne s'arrangèrent pas avec l'âge et, si l'affirmation de Léonard de Vinci : « on est responsable de son visage après quarante ans » recèle un fond de vérité, elle avait quelque raison de s'en vouloir.

Par son habillement, elle ne cherchait nullement à corriger cette apparence. Elle portait le plus souvent des vêtements élimés et pas très nets, de couleurs sombres, aux teintes passées, soit parfaitement démodés, soit tout à fait excentriques.

Si elle se maquillait, en de rares circonstances, le rouge qu'elle utilisait pour colorer ses lèvres minces la rendait encore plus vulgaire si c'était possible.

Fallait-il voir dans ce comportement, alors qu'elle avait dépassé la soixantaine, un désintérêt pour sa personne, on pouvait en douter ? C'était son moyen de se singulariser, sa manière à elle d'exister.

Sa crainte de vieillir la poussait à la caricature.

Elle imaginait, en cultivant une apparence de décontraction excessive, être adoptée par le monde des jeunes, dont il serait inexact de dire qu'elle se sentait proche, mais qu'elle désirait pénétrer dans l'espoir de le dominer. Elle usait pour cela du subterfuge de mimétisme.

Ses aspirations à la reconnaissance la poussait à jeter systématiquement son dévolu sur tous ceux, qu'en raison de leur faiblesse, elle pourrait aisément tenir à sa merci.

Différentes catégories répondaient à cette exigence : les jeunes, les vieux, ou alors ceux qu'elle avait la certitude de dominer intellectuellement.

Aux premiers, elle s'imposait grâce au privilège de l'âge mais surtout, et ce n'était pas le moins vicieux, par le biais de certaines formes de corruption.

Les très jeunes enfants n'échappaient pas à son désir de conquête. Elle les apprivoisait en leur offrant des bonbons ou quelques pièces selon l'occasion, ou encore en s'efforçant de les amuser avec toutes sortes de plaisanteries, de singeries pour lesquelles ils se montraient bon public. Elle, qui ne cessait de répéter combien elle éprouvait le besoin d'être aimée, croyait ainsi forcer leurs sentiments. Davantage de lucidité lui aurait laissé entrevoir que la recherche de menus profits par ces gamins expliquait bien mieux leur attitude flatteuse. Mais comme toujours, Mado préférait ignorer la réalité qui ne lui seyait pas pour y substituer celle qu'elle se plaisait à rêver.

S'agissant des plus âgés : adolescents ou jeunes adultes, la démarche pour se les aliéner était plus subtile. Il s'agissait d'une part de les persuader qu'elle traitait avec eux d'égal à égal, et d'autre part de susciter l'empathie. Elle s'attribuait volontiers des connaissances et une culture, de préférence dans des domaines qui n'étaient pas leurs principaux centre d'intérêt, cela afin de ne pas risquer le discrédit. Ce stratagème, qui avait pour but de la poser, réussissait assez bien, au moins le pensait-elle.

Si elle maîtrisait fort peu les techniques modernes, l'ordinateur en particulier, elle avait conscience qu'un minimum de connaissances dans la manipulation de cet outil était indispensable pour être reconnue par cette génération qu'elle ambitionnait de séduire. Aussi s'obligea-t-elle à apprendre à communiquer par l'intermédiaire de « facebook » en particulier.

Dans un premier temps, elle se contenta de renseigner succinctement son profil. Puis elle s'enhardit, multiplia les contacts. Se prenant au jeu, elle se mit à publier des commentaires à propos de tout et n'importe quoi, s'obligeant à rebondir chaque fois que l'un ou l'autre s'exprimait. Elle utilisait les smileys pour montrer qu'elle était parfaitement « dans le coup ». L'inconvénient est que, toujours excessive, elle ne se rendait pas compte à quel point elle se ridiculisait le plus souvent. Ainsi publia-t-elle sur sa page de présentation, rien moins que treize photos d'elle, en gros plan, dans toutes sortes d'attitudes : ici souriante, là sévère, ou encore pensive, hautaine, avenante, méprisante... Elle était tout à la fois Ava Gardner, Rita Hayworth ou Katharine Hepburn... Aucun des jeunes qu'elle imaginait impressionner par ses extravagances n'aurait jamais osé s'exposer pareillement, craignant bien de devenir la risée des copains ou copines. Imaginait-elle les commentaires qu'elle suscitait parmi eux ? Probablement non. Il n'est d'ailleurs pas certain que cela aurait freiné ses ardeurs. Son ego surdimensionné, l'inclinait à préférer le ridicule à l'indifférence.

Concernant la conquête des adultes, le résultat était plus incertain. Quelle était la probabilité de bluffer durablement des gens doté d'une certaine expérience ou appartenant à un milieu culturellement évolué ? Mado percevait inconsciemment cet écueil. Aussi bien, tout en s'estimant très supérieure, recherchait-elle plus volontiers la fréquentation de gens simples et plus encore celle de personnes âgés auxquelles elle rendait de menus services afin de mieux les tenir sous sa dépendance.

Tout comme elle n'avait pas eu le goût des études, elle n'avait pas acquis non plus celui de la lecture ce qui induisait de lourdes défaillances. Ses connaissances ne lui venaient que de la consultation de magazines « peoples », de reportages vus à la télévision ou entendus à la radio, ou encore du suivi d'émissions de télé-réalité dont elle était spectatrice assidue.

Quelles que soient les circonstances et les conversations, elle n'était de toute façon jamais prise au dépourvu. Elle procédait par affirmation et son point de vue était naturellement indiscutable. Jamais elle n'aurait accepté d'avoir tort. Admettre ne pas savoir ou reconnaître s'être trompée eut été pour elle une véritable humiliation. Elle lançait régulièrement d'un ton péremptoire : « Si je le dis c'est que je le sais. » Dès lors, toute contestation devenait inappropriée.

Tout comme elle attirait les enfants avec des bonbons, elle attirait les adultes en les invitant à prendre le café, le thé, l'apéritif, ou aussi très souvent en les retenant à déjeuner ou à dîner. Tous les prétextes étaient bons pour constituer « sa cour ». Il est vrai qu'en toute circonstance, elle ne regardait pas à la dépense. C'était le prix à payer.

Elle s'achetait des amis. Mais étaient-ce vraiment des amis ?

Elle prétendait les compter par dizaines mais combien étaient-ils en réalité ?

3

Quelle heure pouvait-il bien être lorsque Mado se réveilla ? Par la minuscule fenêtre à barreaux de sa cellule, elle constata que le jour n'était pas encore levé. Elle jeta un coup d'œil au vieux réveil à aiguilles lumineuses posé sur l'étagère au-dessus de sa couche. Il marquait une heure dix. Elle n'avait même pas dormi deux heures et savait, par habitude, qu'elle ne retrouverait pas le sommeil de sitôt.

La première image qui lui revint en mémoire fut la salle d'audience où elle avait passé cinq longues journées. Tout avait été si intense, si prenant, la tension nerveuse avait été telle que, chaque soir, elle avait regagné la prison épuisée, mais pas avec cette fatigue qui procure un sommeil profond et récupérateur. Chaque nuit elle s'était réveillée pour de longues séquences au cours desquelles elle n'avait cessé de ressasser toutes sortes d'événements qui s'enchevêtraient et l'empêchaient de jouir du repos.

Par trois fois, les débats s'étaient prolongés tard dans la soirée, quelquefois même au-delà de vingt-deux heures.

Son état de lassitude était tel, le dernier jour, qu'elle s'était trouvée dans l'incapacité de se concentrer, de fixer son attention.

Son avocat avait plaidé plus de trois heures et elle ne parvenait pas à se remémorer les arguments qu'il avait développés.

Il est vrai que, durant toute cette journée, son esprit n'avait cessé de vagabonder. Elle n'ignorait rien du caractère irréversible de la partie qui se jouait et pourtant n'avait pu s'empêcher rêver. On ne condamne pas quelqu'un qui n'a agi que par amour !

Aussi, loin des méandres de son procès, elle s'était laissée aller à anticiper le verdict. A toutes les questions concernant la culpabilité, le jury répondait non. En conséquence, la cour prononçait sa relaxe et ordonnait sa remise en liberté immédiate.

Mais, la vue de l'avocat général, face à elle, celui-là même qui avait requis vingt-deux ans d'emprisonnement, la rappelait à la réalité. Certes, les réquisitions du parquet n'auguraient nullement la décision du jury. Son avocat le lui avait largement expliqué aux fins, probablement, de la rassurer mais il ne fallait pas non plus se bercer d'illusions. Aussi, à la solution peu réaliste qu'elle se plaisait à imaginer y substituait-elle une autre.

La cour lui reconnaissait des circonstances atténuantes en raison du caractère passionnel des faits reprochés et aussi de son âge avancé. Parce qu'aucun crime ne peut demeurer impuni, une sanction lui était infligée mais elle ne revêtait qu'un caractère symbolique : quelques années de prison assorties pour l'essentiel de sursis. La durée d'emprisonnement ferme étant couverte par la détention préventive, elle ne tarderait pas à recouvrer sa liberté.

Ainsi, tout au long de cette ultime audience, avait-elle échafaudé divers scénarios qui tous s'achevaient favorablement.

L'avocat général, dans ses réquisitions n'avait pas été tendre, loin s'en faut. Il s'était appuyé entre autres sur l'avis de l'expert psychiatre venu déposer à la barre, lequel l'avait qualifiée de perverse dangereuse tout en soulignant que sa conscience n'avait été aucunement altérée au moment de l'acte. Il avait conclu en conséquence à sa responsabilité pleine et entière. Son crime, aux yeux du représentant du ministère public, ne trouvait donc aucune circonstance atténuante, ce qui justifiait la longue peine de prison ferme qu'il préconisait.

A plusieurs reprises, Mado avait éprouvé l'envie de se dresser, de hurler contre ce personnage arrogant qui n'avait rien compris, dont les paroles n'étaient qu'expression de haine vis-à-vis d'elle alors que seul l'amour l'avait guidée. Mais à quoi bon ? Son avocat lui avait d'ailleurs fait moult recommandations. Le ministère public est toujours le « méchant » pour l'accusée. Il joue son rôle et il convient de l'admettre, de ne surtout pas le provoquer ou risquer de l'irriter inutilement.

Elle s'était donc tue, avait « rongé son frein », laissant passer l'orage en attendant que son défenseur démonte point par point les arguments de cet adversaire impitoyable.

Elle avait fini par détourner son attention des violentes diatribes du magistrat accusateur pour la fixer pendant un temps sur les trois juges et les neuf jurés qui tenaient son sort entre leurs mains.

La présidente, tout au long du procès avait fait preuve d'un calme et d'une patience étonnants, peut-être même, pensait Mado, de compréhension, pourquoi pas d'empathie à son égard. A aucun moment elle n'avait élevé la voix ou manifesté quelque agacement. Elle avait conduit les débats avec beaucoup de maîtrise, ne laissant jamais percer le moindre sentiment. Elle n'était ni agressive ni complaisante, elle était froide tout simplement.

Les deux assesseurs, également, n'avaient rien laissé entrevoir. Ils se tenaient cois, impassibles.

Le premier était un homme rondouillard, au crâne dégarni, au visage marqué. Sans doute approchait-il la soixantaine. Souvent il avait donné l'impression de dormir, surtout lors des reprises l'après-midi. Avait-il une digestion difficile ? Il est clair que des affaires du type de celle qu'on évoquait aujourd'hui, il en avait connu bon nombre au cours de sa carrière et qu'il était quelque peu blasé.

Le second assesseur était une femme. Trente-cinq ans environ, mince, pas très grande, visage austère, elle gardait en toute circonstance une allure réservée.

Attentive, elle prenait de nombreuses notes sans qu'on put jamais soupçonner vers quelle thèse elle inclinait : celle de la défense ou celle de l'accusation et de la partie civile.

Quant aux neuf jurés, difficile aussi de pressentir ce qu'ils pensaient.

Plusieurs fois, alors qu'elle décrochait un peu de ce qui se disait dans le prétoire, Mado avait tenté de scruter les uns ou les autres afin de percevoir de quel côté ils étaient susceptibles de pencher. La tâche était bien difficile. Allez savoir ce qui se passe dans le cerveau des gens. Comment imaginer la manière dont ils appréhendent ce qu'on leur raconte ? D'ailleurs, que pouvaient-ils entendre à une affaire qui de toute évidence les dépassait ? Il est trop facile de juger les autres, de s'ériger en censeur, de prétendre se substituer à eux en clamant haut et fort : « A sa place moi... ». Personne ne pouvait se mettre à sa place. Personne ne pouvait comprendre ou même imaginer ce qu'elle avait vécu, éprouvé, ressenti, goûté, apprécié, adoré mais aussi enduré, souffert... Nul n'avait le droit de la juger et pourtant...

Que pensait ce gros bonhomme débonnaire ? Se montrerait-il clément ou, au contraire, cachait-il derrière ce masque jovial une sévérité, une intransigeance liées à des principes d'un autre temps.

Et la femme sans âge, sèche comme un

coup de trique ? Se laisserait-elle emporter par un élan de solidarité féminine ou bien profiterait-elle de l'occasion exceptionnellement offerte de prendre sa revanche sur toutes ses semblables qu'elle avait enviées au cours d'une existence trop banale, peut-être même miséreuse ?

La très jeune femme au visage doux, discrètement maquillée, coiffée d'un chignon impeccable serait-elle son alliée ? Elle au moins ne semblait pas aigrie.

Le grand brun, un peu hautain, type jeune cadre dynamique se révélerait-il compréhensif ou impitoyable ?

A côté de lui, cheveux poivre et sel, rougeaud, le teint hâlé, pas très grand mais costaud, le type devait être agriculteur, elle en était sûre. Pour la circonstance, il avait revêtu son costume du dimanche : celui qui ne sert que dans les grandes occasions, indifféremment mariages ou enterrements. Avec les paysans, avait-elle pensé, il convient de se méfier. C'est tout l'un ou tout l'autre : des braves types ou des peaux de vache.

Et puis il y avait aussi une femme de couleur avec son énorme poitrine qui débordait sur le bureau. Que pensait-elle ?

Les autres jurés n'avaient pas vraiment capté son attention. Ils lui avaient paru insignifiants.

Tous ces inconnus d'hier se sentaient-ils seulement concernés pas la tâche qui leur était soumise ? Le premier jour peut-être, ils avaient semblé s'intéresser mais certains, très vite, s'étaient lassés. A bien les observer on réalisait à quel point ils s'ennuyaient.

En somme, il y avait ceux qui s'étaient sentis investis d'une mission supérieure et ne cachaient pas la fierté qu'ils en tiraient, et ceux qui se demandaient bien la raison de leur présence en ces lieux et n'aspiraient qu'à en finir au plus vite.

Mado s'était prise de sympathie pour certains d'entre-eux jusqu'à ce que la sanction tombe, brutale, sans nuance, inattendue : dix-huit années d'emprisonnement.

Les salauds !

4

Mado se rendormit enfin mais son esprit ne trouva pas pour autant le repos. En songe aussi, le passé revenait inlassablement.

Comment en était-elle arrivée là ?

Son rêve la projeta en ce début novembre mille neuf cent soixante-quatre. L'atmosphère était humide et glaciale. Comme presque tous les soirs, elle s'était réfugiée avec son amie Lili au « Chiquito », un café miteux du Pecq où toutes deux devisaient de longues soirées devant une tasse de thé ou de chocolat qu'elles buvaient à toutes petites gorgées afin de la faire durer le plus longtemps possible par souci d'économie.

Les deux jeunes filles, qui avaient tout juste dix-huit ans, avaient intégré ensemble l'institut de formation en soins infirmiers et s'étaient rapidement liées d'amitié.

Mado avait affublé Liliane du surnom de Lili.

Depuis sa plus tendre enfance, elle avait

pris cette habitude puérile, qu'elle allait garder toute sa vie, de gratifier les uns et les autres de surnoms particulièrement niais tel que Mimi, Lulu, Jojo, Paulo, Thé, Gilou, Cathy, Monette, Brijou... et combien d'autres encore ?

Elle imaginait, par cette familiarité, s'aliéner son entourage et aussi se procurer un ascendant sur ses semblables, adoptant une attitude protectrice non dépourvue de condescendance. Dans le même dessein, elle tutoyait systématiquement la plupart des gens, qu'ils fissent ou non partie de ses intimes. Les avait-elle rencontrés deux ou trois fois qu'elle considérait être de leurs proches et s'autorisait à les traiter comme tels.

Même à un âge avancé, ne s'étant toujours pas départie de son comportement excentrique et surtout enfantin, elle interpellait, par exemple, les serveurs de cafés ou de restaurants en lançant un retentissant : « Comment vas-tu mon chéri ? ». Elle se plaisait d'ailleurs à ajouter haut et fort, afin que tout le monde entendit parfaitement : « C'est mon nouveau fiancé ! ».

Les clients, à portée de voix dans la salle, se demandaient bien qui était cette désaxée mais elle n'avait cure de leur opinion, convaincue qu'elle faisait preuve d'un humour irrésistible. Ceux qui se trouvaient en sa compagnie esquissaient un sourire forcé pour masquer leur gêne, contraints qu'ils étaient de faire bonne figure. Quant au loufiat lui-même, il s'astreignait à garder contenance : réflexe professionnel.

Ce soir de février, il y avait bien trois quarts d'heure que les deux copines bavardaient, refaisaient le monde, quand un jeune-homme pénétra dans l'établissement. Il avait à peine plus de vingt ans et sa petite taille lui donnait l'allure d'un gamin.

Il se dirigea résolument vers Lili qui ne manifesta pas la moindre surprise à son apparition. Elle l'embrassa avant de lui présenter son amie Mado.

Léon était un copain d'enfance que Liliane avait retrouvé tout à fait par hasard quelques jours auparavant. Elle lui avait proposé de venir la rejoindre dans ce qui était désormais, pour elle et sa camarade, le lieu de détente habituel. Elle avait un instant douté qu'il réponde à l'invitation et d'ailleurs n'y pensait plus vraiment, mais le garçon avait tenu parole, peut-être en raison de son désœuvrement ce jour-là.

Mado ne fut nullement charmée par l'intrusion de ce petit bonhomme sec qui mesurait bien dix centimètres de moins qu'elle et qui surtout, s'affichait un peu trop sûr de lui, pour ne pas dire suffisant.

Ils discutèrent tous les trois jusqu'à une heure avancée de la soirée et Mado, contre toute attente, accepta la proposition du jeune-homme de se revoir prochainement, persuadée malgré tout que cette relation nouvelle n'aurait qu'un caractère éphémère.

Lui, avait dès lors de tout autres perspectives. Ne devait-il pas déclarer à sa propre mère, au lendemain de cette soirée : « Je crois que j'ai rencontré la femme de ma vie » ?

A n'en point douter il était sincère mais les sentiments qui l'animaient n'étaient aucunement partagés.

Tout au long de sa vie, Mado ne cessa de répéter ici ou là que, si c'était à refaire, jamais elle n'aurait épousé Léon pour la simple raison qu'elle ne l'aimait pas, qu'elle ne l'avait jamais aimé.

Très vite, elle tomba enceinte de ses œuvres, ce qui précipita leur mariage.

Ses appétits sexuels avaient été plus forts

que ses sentiments, tandis que pour Léon, le désir farouche de paternité constituait le plus sûr moyen de parvenir à ses fins : épouser celle dont il s'était épris.

Malgré ses réticences, l'acceptation du mariage par la jeune fille avait trouvé plusieurs justifications. Elle lui permettait d'échapper à son milieu familial et ce n'était pas le moindre intérêt. Si éviter le scandale n'était pas sa préoccupation première, au moins cela lui permettait-il d'atténuer les foudres parentales. Par ailleurs, Léon avait une assez bonne situation. Certes, il n'était pas bardé de diplômes mais ses réelles capacités, son ambition et aussi quelques précieuses relations lui avaient permis de faire une entrée réussie dans la vie active, avec des perspectives d'avenir plutôt séduisantes en cette période d'expansion économique. C'était d'autant moins négligeable pour Mado qu'elle recueillait la promesse de ne pas être contrainte d'embrasser une vie professionnelle et, qu'en outre, ce mariage lui permettait de renoncer à l'achèvement d'études pour lesquelles elle n'était guère motivée.

Ainsi, amorça-t-elle un virage essentiel de sa vie lorsqu'au début de l'été suivant elle épousa l'homme dont elle n'était nullement amoureuse, mais avec qui elle allait cependant faire sa vie.

En novembre, elle mit au monde un garçon qu'ils prénommèrent Karl, puis, dix-huit mois plus tard, une fille : Valérie.

Ses obligations professionnelles conduisaient Léon à être plus souvent sur les routes qu'au logis familial. Cela faisait bien les affaires de sa jeune épouse qui ne menait pas pour autant une vie de moniale.

Elle fit à cette époque la connaissance de Josette (qu'elle surnomma tout naturellement Josie) et qui devait jouer ultérieurement un rôle non négligeable dans sa vie. Josie avait accouché d'une fille prénommée Aline, deux mois avant que Mado mette au monde Valérie. Les deux jeunes mamans, se retrouvant régulièrement dans le parc de jeux aménagé au pied de l'immeuble qu'elles habitaient, en vinrent rapidement à se fréquenter et à tisser d'effectifs liens d'amitié.

Ces deux-là étaient vraiment faites pour se rencontrer. Elles menaient une vie comparable, caractérisée entre autres par l'oisiveté et, pour l'une comme pour l'autre, par un mariage probablement contracté trop jeune, à la hâte, et qui devait s'avérer rapidement fragile.

Lorsque Josie divorça, les conséquences matérielles de la rupture avec son mari l'éprouvèrent bien plus que son échec conjugal. Il lui fallut se lancer dans une activité professionnelle, se loger à moindre coût, trouver une nourrice pour garder sa fille, bref, ce fut un chamboulement dans sa vie.

Mado ne manquait jamais de rendre service à son amie, gardait sa fille s'il en était besoin et l'invitait très souvent à dîner, surtout lorsque Léon était absent.

Elles passèrent ainsi de longues soirées à deviser sur tout et rien, à étaler leurs certitudes, et surtout à se plaindre de ces hommes incapables de leur procurer le bonheur qu'elles estimaient pourtant bien mériter.

Après dîner, les enfants disparaissaient dans leur chambre, les filles jouant à la poupée jusqu'au moment où, ivres de fatigue, elles s'endormaient, blotties l'une contre l'autre, dans le lit de Valérie.

Minuit était largement passé, un samedi soir, lorsque Josie réalisa qu'il était plus que temps qu'elle regagne son domicile. Mado lui suggéra de dormir sur place. Après tout, ni l'une ni l'autre n'avaient d'obligation particulière le lendemain puisque c'était dimanche, et puis cela éviterait de réveiller Aline, de la précipiter dans la nuit froide alors qu'elle dormait profondément,.

Josie se laissa convaincre et les deux femmes ne tardèrent pas à se retrouver dans le même lit.

Laquelle fit la première approche ? Sans doute le désir était-il partagé. Une étreinte un peu forte, de tendres baisers, quelques douces caresses, Mado réalisa qu'elle pouvait prendre, avec une femme, autant de plaisir, sinon davantage, qu'avec un homme. Ainsi accéda-t-elle à la bisexualité.

Dans un premier temps, son penchant fut gardé secret puis, avec l'âge, consciente que cela aussi lui procurait une originalité, elle n'hésita pas à livrer quelques confidences sur ce sujet à certaines de ses amies soigneusement choisies. À celles-ci, elle n'hésitait pas à déclarer qu'elle prenait infiniment plus de plaisir aux relations charnelles avec ses semblables plutôt qu'avec le sexe opposé. Cette perche tendue, certaines la saisissaient, répondant à l'inclination de Mado vers une vie de débauche.

Les longues absences de son mari, le défaut

de communication quand il était là, le peu de satisfaction sexuelle qu'il lui procurait, la soif de liberté, tout cela la poussa à opter à son tour pour le divorce après treize ans de mariage.

Léon ne souhaitait pas cette rupture mais il avait conscience de l'inutilité de toute tentative de résistance.

Nul ne saurait obliger qui que ce soit à être, devenir ou rester son ami, son allié, son amour, son époux.

Mado ayant décidé de divorcer, il ne pouvait que consentir, même à contre cœur. En contrepartie, elle constata très vite l'ampleur des conséquences de sa décision.

Comme dans la plupart des divorces, elle obtint, sans la moindre difficulté, la garde des enfants.

Léon, d'ailleurs, bien trop absorbé par ses activités professionnelles, n'avait énoncé aucune revendication à ce sujet. Il se contenterait d'un droit de visite et d'hébergement deux week-ends par mois et la moitié des congés scolaires. Bien évidemment, il fut astreint au paiement d'une pension alimentaire non négligeable pour Karl et Valérie, mais cela n'empêcha pas son ex femme de se trouver confrontée à d'importants problèmes pécuniaires. Finie la grande vie, les dépenses inconsidérées, elle allait maintenant devoir compter sou par sou et aussi se lancer dans la vie active.

Elle ne put que regretter son renoncement prématuré à mener à terme ses études d'infirmière car, la seule opportunité qui s'offrit à elle, fut un emploi d'aide soignante à l'hôpital. Ce n'était ni glorieux ni particulièrement passionnant mais, en la circonstance, elle n'avait guère d'autre choix. En outre, afin de bénéficier d'un meilleur salaire, et aussi pour être le plus possible auprès de ses enfants, elle dut accepter de travailler la nuit.

La situation dura deux ans. Deux longues années qu'elle qualifia de période de galère.

Léon, de son côté, appelé à commercer essentiellement avec des entreprises allemandes, s'installa sur le versant alsacien des Vosges. Il y accueillait, autant que possible, ses enfants dans le pavillon qu'il avait loué.

Il marquait une très nette préférence pour Valérie qu'il câlinait plus que de raison. Il n'était pas rare, alors que la fillette avait déjà plus de douze ans, qu'il la rejoigne le soir dans son lit pour lui prodiguer un peu plus que la tendresse paternelle mais ce n'est que bien plus tard que ce comportement ambigu fut mis à jour.

Mado, durant cette période, connut de nombreuses aventures, tant avec des hommes qu'avec des femmes, mais sans jamais parvenir à construire de relation pérenne.

Josie avait émigré dans le Poitou et l'intimité entre les deux amies en pâtit inévitablement sans être rompue pour autant.

A l'occasion du second été qui suivit leur divorce, Mado conduisit ses enfant chez leur père qui les hébergerait pour un mois de vacances.

Les relations demeuraient cordiales et Léon proposa même à son ex-épouse de passer quelques jours avec eux, ce qu'elle accepta sans trop se faire prier.

Avait-il à ce moment une arrière-pensée ? C'est possible sinon probable. Toujours est-il que dès la seconde soirée, les ex-époux se retrouvèrent dans le même lit. Léon n'avait pas renoncé à reconquérir « la femme de sa vie » et s'attelait à cette tâche.

Mado hésita longuement. À quoi bon redémarrer une existence qui ne lui avait apporté que de médiocres satisfactions ? Il était clair que ses sentiments pour celui auquel elle s'était unie toute jeune n'avait guère évolué et il était peu probable que cela changeât. Mais Léon insistait : il saurait tirer les leçons du passé. Ensemble ils allaient tout reconstruire sur des bases nouvelles.

Y croyait-il vraiment ? Son espoir, au moins était sincère.

Mado ne se faisait guère d'illusions mais, pragmatique, elle réalisa qu'en ces temps difficiles la proposition méritait réflexion. Léon tenait à recréer leur union, elle résolut de céder à son désir mais non sans imposer des conditions draconiennes.

Chacun mènerait dorénavant sa vie comme il l'entendait. Pas question d'être dépendant l'un de l'autre. Les longues et fréquentes absences de Léon faciliteraient la mise en place de ce mode de vie. Il n'était même plus question de chambre conjugale et, s'ils devaient se retrouver pour partager quelque moment d'intimité, ce ne serait qu'occasionnel, au gré de la volonté de l'un ou l'autre, ou plus exactement de sa volonté à elle.

Elle posait aussi, tout naturellement, de strictes conditions financières. Plus question de mariage sous le simple régime du droit commun. Le contrat qui fut rédigé lui attribuait la moitié des biens du ménage mais également la moitié de ses revenus, constitués du seul salaire de Léon puisque, bien entendu, elle reprenait sa situation de femme au foyer.

Ainsi, quinze ans après leur première union, convolèrent-ils de nouveau.

5

Les aiguilles lumineuses du réveil marquaient quatre heure dix. Cette nuit ne finirait donc jamais ?

Mado eut l'impression d'être ramenée dix-huit mois en arrière, lorsqu'elle avait passé sa première nuit en détention. Jusqu'à cet instant de sa vie, les démélés judiciaires, la prison ne concernaient que les autres et jamais elle n'aurait imaginé qu'un jour ce put être son lot. Puis tout avait subitement basculé.

Après son arrestation, elle avait été menée à l'hôtel de police où un inspecteur l'avait interrogée sur son identité. A la fin de ces formalités, il lui avait signifié son placement en garde à vue.

Un long travail d'enquête débutait alors. Des questions de tous ordres fusaient, concernant moult détails de sa vie, sans même, dans un premier temps, aborder directement les faits reprochés.

Puis l'interrogatoire avait été suspendu et elle

avait été conduite dans une cellule au sous-sol. Là, elle avait été enfermée dans une minuscule pièce crasseuse, aux murs couverts de graffiti, équipée seulement d'un banc de bois sur lequel traînait une couverture de bure ayant probablement servi à bien d'autres prévenus. Combien ? Quels genres d'individus ? Cela ne l'encourageait pas à l'utiliser, au moins provisoirement. Elle apprendrait progressivement à réduire ses exigences. La paroi vitrée, côté couloir, laissait filtrer une lumière blafarde. Un gardien passait de temps en temps pour vérifier que tout était normal.

On lui avait donné, afin qu'elle se restaure, un sandwich au gruyère qu'elle avait commencé à grignoter mais auquel, après quelques bouchées, elle avait renoncé. Elle n'avait aucune faim, se sentait oppressée, elle étouffait.

Tant d'idées trottaient dans sa tête que pour les chasser, elle aurait voulu dormir, ne plus penser à rien. Elle s'était allongée sur le banc de bois, avait ôté son anorak qu'elle avait roulé en boule pour s'en faire un oreiller et, les yeux clos, essayait de trouver le sommeil. Rien à faire. Les événements des dernières heures lui revenaient inévitablement en tête. Tentait-elle de les repousser, ils étaient immédiatement remplacés par d'autres. Impossible de s'extraire de ce cauchemar.

Un an et demi plus tard, elle revivait une situation semblable. Cette fois, ce n'était pas l'inconnu de l'avenir immédiat qui la tourneboulait mais le destin qui l'attendait après la lourde condamnation que la cour d'assises lui avait infligée. Alors, comme au premier jour de sa privation de liberté, il lui était impossible de trouver le repos. Impossible de chasser ses idées noires. Elle aurait voulu dormir, dormir et encore dormir, et pourquoi pas ne jamais se réveiller. Si la mort pouvait la cueillir par surprise : quelle délivrance ! L'idée du suicide lui traversait parfois l'esprit mais elle savait qu'elle n'aurait jamais le courage de passer à l'acte.

Le témoignage de l'enquêtrice sociale lui revint en mémoire. Ah ! celle-là avait bien caché son jeu. Missionnée par le juge d'instruction, cette femme d'une quarantaine d'années, arborant un sourire bienveillant, avait été chargée de procéder à ce que la justice dénomme enquête de personnalité. Elle s'était montrée si avenante, si compréhensive, tellement à l'écoute que Mado l'avait perçue comme une confidente auprès de laquelle elle s'était largement épanchée. Elle trouvait enfin une interlocutrice qui la comprenait, une alliée qui saurait faire entendre aux jurés le ressenti d'une femme, d'une amante, bref de tout ce qu'elle était mais que personne ne voulait admettre.

Quelle ne fut pas sa surprise d'entendre le témoignage implacable de cette harpie (un qualificatif qui lui convenait bien pensait-elle dorénavant) quand elle vint déposer à la barre ?

Elle n'avait rien compris ou rien voulu comprendre. Elle l'avait qualifiée de *mère déficiente*, elle qui avait tant aimé ses enfants, les avait gâtés, leur avait tout appris, tout donné, les avait ouverts à la vie, rendus aptes à l'autonomie, aidés à prendre leur envol. Et voilà qu'ignorante de tout, cette mégère la couvrait d'opprobre. Bien sûr, la réussite n'était pas totale mais qui peut prétendre avoir atteint la perfection en ce domaine ? Si l'éducation était une science exacte ça se saurait !

Quelque temps après leur remariage, Valérie s'était plainte d'une attitude ambiguë de son père. Mado avait rejeté catégoriquement cette accusation la considérant d'emblée comme parfaitement infondée.

Pas question de recréer des tensions avec son mari alors qu'ils venaient tout juste de reprendre la vie commune. D'ailleurs Valérie n'était pas facile. Elle entrait dans l'adolescence et l'opposition à son père n'avait a priori rien d'étonnant.

Si Léon n'était pas exempt de défauts, sûr qu'il n'avait pas celui-là. En aucune manière il ne pouvait être soupçonné de déviance, surtout avec ses propres enfants.

Mado, que les questions sexuelles taraudaient en permanence, avait d'ailleurs tenté d'entraîner son mari à la participation de rencontres libertines à deux couples. À force d'insistance, il avait fini un jour par céder mais s'était montré particulièrement mal à l'aise et n'avait plus jamais accepté de se livrer à ce genre d'expérience. N'était-ce pas la preuve qu'il n'était nullement pervers ?

Aussi, la tentative de dénigrement de son géniteur par Valérie fut-elle catégoriquement récusée par sa mère qui enjoignit sa fille de ne plus jamais tenir des propos pareillement ignominieux.

Les années passèrent et Mado oublia l'incident.

Elle ne fit même pas de rapprochement lorsque sa fille lui annonça, le jour de ses dix-huit ans, qu'elle quittait le foyer parental pour partir à l'aventure avec un copain.

Cette annonce fut plutôt mal perçue mais que faire ? Elle était à présent majeure et, à part la priver de toute aide matérielle (ce qui fut fait), les parents n'avaient aucun moyen de s'opposer à sa décision. La mère se consola en se disant qu'après tout cela serait formateur et que Valérie en ressortirait armée pour la vie.

Pour ce qui est de Karl, n'ayant pas de prédispositions pour les études, il se lança très tôt dans la vie active pour exercer toutes sortes de métiers sans jamais trouver la stabilité. Mado n'aurait jamais manqué de tirer gloire de la réussite de ses enfants mais par contre, elle ne se sentait nullement impliqué dans leurs échecs. Aussi Karl fut-il très vite considéré comme le vilain petit canard de la famille.

Et puis, alors qu'elle abordait la quarantaine, elle tomba une nouvelle fois enceinte. L'événement, aussi surprenant qu'inattendu, ne manqua pas de perturber le couple précairement reconstitué. Au moment où les deux aînés prenaient leur envol, quittaient le nid, était-il possible de repartir à zéro, de tout recommencer ?

Léon, qui ne se sentait aucun droit d'imposer à son épouse l'engagement ou le renoncement à cette nouvelle responsabilité, l'assura que, quel que soit son choix, il l'accepterait, qu'il la soutiendrait.

Leurs deux enfants étaient élevés. Ils étaient de ce fait dégagés de l'essentiel de leurs devoirs d'éducation, retrouvaient leur liberté et voilà que surgissait une entrave nouvelle à leur délivrance sous la forme d'un enfant à naître. Mado se remémora tout ce que cela imposait de contraintes : les nuits sans dormir, l'inquiétude quand surgiraient les maladies infantiles, l'attention journalière que nécessite un gamin qui grandit, le souci de l'armer pour la vie. Combien d'années encore traînerait-elle ce fil à la patte, elle qui n'était plus de la première jeunesse ?

Il y avait aussi le risque. À quarante ans bien sonnés, quelle certitude avait-elle de mettre au monde un enfant parfaitement sain ? On disait tant de choses à ce sujet...

Elle trouva ainsi mille bonnes raisons de renoncer à ce « cadeau du ciel empoisonné » et d'opter pour l'avortement.

Après les entretiens d'usage et un bref délai de réflexion sa décision fut prise : elle renonçait à une troisième maternité.

Léon l'accompagna à l'hôpital le jour prévu pour l'intervention libératrice. Il la suivit dans les couloirs jusqu'à la salle d'opération qu'il vit se refermer derrière elle. Le sort était jeté et il se sentait presque soulagé.

Quelle ne fut pas sa surprise, après un temps trop long ou trop court - il était incapable de l'évaluer -, de voir revenir sa femme et de l'entendre déclarer, les larmes aux yeux : « Je n'ai pas pu. Je le garde » !

Il était si abasourdi qu'il ne prononça pas le moindre mot. Ils repartirent tous les deux sans desserrer les lèvres, baignant dans une atmosphère lourde et quelque peu énigmatique. Chacun mesurait à sa manière le poids de cette initiative rédhibitoire, mais aussi la libération de ne pas avoir opté pour un acte qu'ils regretteraient peut-être le reste de leur vie.

L'enfant naquit à terme. Il fut prénommé en toute simplicité Henri-Stanislas mais sa mère ne l'appela jamais que « Tic-Tac » sans que jamais personne eut vraiment compris la véritable raison de ce surnom !

Tic-tac fut un enfant espiègle, plutôt doué en bien des domaines et qui réussit un assez bon parcours scolaire pour la plus grande satisfaction de ses parents. Les relents soixante-huitard de sa mère et l'éducation laxiste qu'elle lui prodigua conduisirent le gamin à évoluer dans un espace dépourvu de contraintes. Il était fort heureusement intelligent et comprit de lui-même les limites qu'il convenait de se fixer.

Cela ne l'empêcha pas, à la sortie de l'adolescence, de se laisser aller à quelque déviance sans toutefois sombrer dans l'excès.

Après son baccalauréat, ne sachant trop vers quelle voie se diriger et, pris de vertige à l'idée d'entreprendre de longues études, il opta pour une ou deux années sabbatiques. Il souhaitait découvrir le monde ou au moins une partie de celui-ci. Il fallait convaincre papa et maman que l'école de la vie était bien plus formatrice que les bancs du lycée ou de l'université. Il y parvint sans trop de difficultés. Le caractère permissif de l'éducation dispensée privait ses parents d'arguments pour s'opposer à ce projet. Ils cédèrent donc à ses instances et Tic-tac partit, sur les traces de Vasco de Gama, à la découverte de l'Inde.

Il en revint converti au bouddhisme, adepte des drogues douces, tatoué sur une grande partie du corps et criblé de piercings. Le voyage avait été profitable : le petit avait passablement évolué !

Il lui fallait cependant songer à s'armer sérieusement pour la vie. Le cinéma le tentait. Il se voyait bien manipulant la caméra, réalisant des reportages, pourquoi pas des fictions ? Cameraman, monteur, réalisateur, le septième art offrait d'alléchantes perspectives.

Bien sûr les établissements dispensant ce type d'enseignement étaient rares et coûteux mais Tic-tac étant le petit génie de la famille, on ne saurait renoncer à aucun sacrifice et risquer de compromettre sa réussite.

Ainsi entreprit-il des études qui, à l'approche de la trentaine, ne lui avaient pas encore permis d'entrer dans la vie professionnelle. Cela n'empêchait pas Mado de clamer haut et fort qu'il était, selon ses professeurs, un des élèves les plus doués de sa génération, qu'il ne tarderait pas à crouler sous les sollicitations de toutes parts, bref, que le cinéma n'attendait plus que lui.

Mais voilà qu'aujourd'hui, probablement pour ne pas déplaire à un juge d'instruction, une bonne femme était venue remettre en cause les qualités maternelles et éducatives de Mado, n'hésitant pas à user du terme de « *déficience* ».

Qui donc était-elle cette donneuse de leçons pour proférer pareil jugement à l'emporte-pièce ? Que savait-elle de la vie ? Avait-elle seulement des enfants ? Si oui, avaient-ils si bien réussi ? Elle le laissait supposer mais...

Était-ce sa faute à elle, Mado, si Karl n'était pas doué pour les études ? Était-ce sa faute si Valérie s'était trop tôt éprise de liberté ? Quant à Tic-tac, on le qualifiait d'original pour ne pas dire de marginal mais elle avait une certitude : il était bien dans sa peau. Il démontrerait un jour, par sa réussite, que les choix éducatifs de ses parents, et surtout de sa mère (car c'est elle essentiellement qui l'avait assumé tout au long de son enfance et de sa jeunesse) étaient bien les mieux adaptés à sa personnalité. Encore fallait-il lui laisser le temps de faire ses preuves.

Mado ne cessait de se tourner et se retourner sur sa couche : impossible de retrouver le sommeil. Elle ressentait un mal de dos qui rendait toutes les positions inconfortables et puis surtout, quoi qu'elle fasse, l'image de cette enquêtrice sociale qui l'avait totalement discréditée devant ses juges lui revenait inlassablement. Nul moyen de la chasser. Elle éprouvait dorénavant pour elle une haine sans égale. Elle avait cru s'en être fait une alliée et la voilà qui s'était révélée sa pire ennemie. Elle ne rêvait plus à son sujet que de vengeance, lui souhaitait les pires malheurs, se plaisait à l'imaginer rongée par le remord ou confrontée aux pires catastrophes. Elle aurait voulu la piétiner, l'écraser. Le monde était trop injuste.

6

Karl et Valérie avaient quitté le foyer parental depuis nombre d'années quand Tic-tac entreprit son voyage initiatique en Inde. Léon, quant à lui, toujours très investi dans ses activités professionnelles, brillait par son absence. La liberté que lui procurait ce mode de vie convenait d'une certaine façon à Mado mais n'était pas sans contrepartie : la tranquillité ayant pour corollaire la solitude.

La vie était morne dans ce village perdu sur le versant alsacien des Vosges et les journées interminables.

Ses meilleures amies, Josie en particulier, étant géographiquement très éloignées, l'ennui devint son quotidien.

N'étant pas de nature réservée, c'est le moins qu'on puisse dire, elle s'était liée avec certains habitants du village : les seuls qui à ses yeux méritaient, à défaut de considération, au moins quelque attention, car elle avait, comme en toute chose, un avis expressément tranché sur les uns et les autres.

Ceux dont elle entendait se faire des amis étaient systématiquement et excessivement valorisés : « elle est belle comme un cœur..., il est vraiment très bel homme... », ou encore : « comme elle est gentille..., quel garçon subtil... ». Des jugements de valeur tout à fait personnels qui étaient bien entendu susceptibles de révision sans préavis en cas de détérioration des relations. Ils n'étaient pas non plus dépourvus, sinon d'ironie, au moins d'une certaine condescendance. Combien de fois l'avait-on entendu dire : « Ce n'est pas particulièrement un intellectuel mais il fait preuve d'un certain bon sens » ? A quoi elle s'empressait d'ajouter : « Bien entendu c'est entre nous. Tu ne le répéteras pas ! »

Quant à ceux qui n'avaient pas été retenus dans la sélection des « gens fréquentables », ils n'avaient pas seulement droit à l'indifférence mais recevaient leur comptant de dénigrement pour justifier le profond mépris qu'ils lui inspiraient.

À ceux-là, rien n'était épargné. Parents, enfants, et même chiens et chats, chacun avait droit à un jugement sans appel. Tout y passait, à commencer par les disgrâces physiques : le gros, le nain, le grand dégingandé, la fille aux gros seins ou au contraire la plate comme une limande... Elle ne se limitait pas dans ses détractions, à l'O. R. L., (nez, gorge, oreilles) mais ajoutait volontiers le menton proéminent, les yeux qui louchent, les grandes dents ou les dents de lapin, les boutons sur le visage, les ongles trop longs ou rongés, la calvitie ou les cheveux mal peignés ou sales (et les siens...?). Bref, rien n'échappait aux critiques les plus viles, les plus acerbes, mais aussi les plus fielleuses et les plus méprisables.

Elle eut été bien inspirée de balayer devant sa porte.

Elle n'hésitait pas non plus, pour emporter la conviction de ceux qui lui prêtaient l'oreille, à utiliser les uns contre les autres ou à changer radicalement d'opinion.

Le chien, qui aboyait à longueur de journée et qui aurait bien mérité d'être rossé à coups de bâton, devenait subitement une pauvre bête maltraitée dont l'agressivité n'avait au fond rien d'étonnant quand on possède de tels maîtres. Les gamins insupportables auxquels il eut été judicieux d'infliger une bonne raclée de temps en temps pour les remettre dans le droit chemin, se muaient subitement en « pauvres gosses » malheureusement livrés à eux-mêmes. La « pouffiasse d'à coté » se métamorphosait en « pauvre femme » d'un mari alcoolique, à moins que ce ne soit celui-ci qui trouvât pour excuse d'être la victime expiatoire d'une virago.

Tout était bon pour étayer ses verdicts atrabilaires dont il était clair qu'ils n'étaient pas seulement sa vérité mais bien LA vérité : une vérité incontournable.

Momone et Laulau étaient de ceux qui avaient été estampillés *persona grata* et il ne s'écoulait pas plus de deux ou trois jours sans que l'un ou l'autre, sous un prétexte futile ou sans prétexte du tout, débarque à l'improviste chez Mado, le plus souvent à l'heure de l'apéritif.

Selon un rite non officiel mais bien établi, l'autre membre du couple faisait, quelque temps après, son apparition, prétextant être à la recherche de son conjoint. Dès lors, la soirée de beuverie pouvait commencer.

Léon, lorsqu'il était présent, appréciait ces visites impromptues qui lui donnaient l'occasion de se mettre en valeur en étalant sa science que, sans le moindre complexe, il affirmait particulièrement étendue.

Mado, pour sa part, se plaisait à dispenser toutes sortes de plaisanteries grasses à connotation sexuelle, toujours les mêmes, dont elle était particulièrement friande et qui, de manière à peine voilée, constituait une approche d'incitation à la débauche.

C'est ainsi qu'un jour, d'allusions ambiguës en plaisanteries graveleuses, la soirée se mua en « partie carrée ». Mado allait enfin goûter le dévergondage auquel elle aspirait depuis si longtemps mais jusque là demeuré chimère.

Qui poussa le premier la grivoiserie jusqu'à lancer l'idée ? elle n'en garda pas le souvenir. Elle ne laissa toutefois pas passer l'occasion et s'empressa de rebondir sur les propos paillards qui n'avaient sans doute été lancés que pour être pris au second degré, ce qu'elle feignit ne pas avoir compris.

Léon, pour sa part, n'était guère preneur pour ce genre de dépravation. S'il avait des aspirations perverses, au moins n'avait-il pas celle-là. Malgré tout, pris au piège, la crainte du jugement d'autrui l'emportant sur ses desseins profonds et l'alcool aidant, il céda au instances des trois autres.

L'expérience ne fut pas, à proprement parler,

un succès. Mado, qui en avait si souvent rêvé, s'obligea à croire qu'elle en avait tiré de réelles satisfactions mais c'était seulement sa manière de ne pas déchoir puisqu'elle était initiatrice de l'événement.

Cette soirée mémorable, plutôt que de renforcer l'intimité des couples, aboutit au résultat inverse. Momone et Laulau se firent de plus en plus rares. Les amis inséparables d'autrefois devinrent, sinon des étrangers, au moins des relations distantes.

Aucun d'entre-eux n'évoqua plus jamais cet épisode libidineux.

Les mois passèrent et toujours Mado s'ennuyait. Elle conservait bien sûr avec quelques paysans du coin des relations cordiales mais ce n'était que maigre consolation.

Il lui sembla aussi, réalité ou fruit de son imagination, que certaines personnes dans le village la regardaient parfois bizarrement. On chuchotait dans son dos, au moins le pressentait-elle, et cela lui déplaisait passablement.

Histoire de tuer le temps, elle se rendait assez souvent à Colmar, non plus pour visiter la ville qu'elle connaissait par cœur, mais simplement pour arpenter les rues commerçantes et visiter toujours les mêmes magasins.

C'est au retour d'une de ces flâneries qu'un soir de décembre, à la tombée de la nuit, elle fut victime d'un léger incident.

Depuis un peu plus d'une heure la neige avait fait son apparition et les fins flocons du début d'averse s'étaient progressivement épaissis. Une pellicule ouatée ne tarda pas à recouvrir les routes montagneuses. Mado perdit le contrôle de son véhicule dans un virage en épingle à cheveux. La sortie de route fut heureusement sans conséquence si ce n'est que les roues du côté droit étant engagées dans le fossé, elle fut dans l'incapacité d'en extraire son véhicule pour repartir.

Ayant constaté les dégâts, elle fut soudain prise de panique. Elle se trouvait à plusieurs kilomètres de Colmar mais aussi à une distance non négligeable du village où elle résidait. Rares étaient les véhicules qui passaient par cet endroit. Devrait-elle terminer son parcours dans le vent et la neige, tandis que l'obscurité ne tarderait pas à être complète, ou serait-il préférable de retourner en ville chercher du secours ?

La chance lui sourit quand elle aperçut des phares venant à sa rencontre. Elle se plaça bien en évidence au milieu de la chaussée faisant de grands signes au conducteur qui approchait. Étonnante coïncidence : c'était Laulau. Il tenta bien de dégager la voiture du fossé mais, n'y parvenant pas, ne put que proposer à Mado de renoncer provisoirement et de la ramener chez elle.

Curieux hasard que celui qui avait remis l'ami d'autrefois sur son chemin. Lui aussi revenait de Colmar où il était allé visiter sa femme Momone, hospitalisée quelques jours pour une intervention bénigne.

Arrivés au domicile de Mado, celle-ci proposa à son sauveur, en remerciement, de venir boire un verre, ce qu'il accepta de bonne grâce. Comme il était seul chez lui en raison des circonstances, elle lui proposa tout naturellement de dîner avec elle. La soirée s'éternisa jusqu'à les réunir dans son lit. Était-ce bien surprenant ?

Toujours est-il que, suite à cette occurrence, elle devint la maîtresse de ce voisin charmant qu'elle avait toujours regardé avec une certaine convoitise.

Cette liaison nouvelle demeura secrète plusieurs semaines, et même Léon et Momone furent longtemps dans l'ignorance, les amants usant de toutes sortes de ruses pour se retrouver sans éveiller l'attention. Il est vrai que dans ce type d'affaires, les cocus sont presque toujours les derniers avisés. Mais dans un si petit village où tout le monde épie tout le monde et où la malveillance n'est pas la moindre délectation, il est bien difficile, même avec d'extrêmes précautions, d'échapper à la vigilance des commères patentées.

Aussi les bruits commencèrent à courir, certains n'étant que l'expression de la vérité : choses vues, tandis que d'autres, plus pernicieux, avaient pour but de déceler le vrai en prêchant le faux.

Ce qui amplifia les commentaires c'est que Laulau avait une bonne vingtaine d'années de moins que sa maîtresse. Rapidement, sans qu'on sache très bien qui était à l'origine de cette appellation, elle fut, en raison de cette différence d'âge, surnommée dans le pays « la cougar ».

Apprenant qu'il était cornard une fois de plus, Léon ne fut nullement surpris. Le couple qu'il formait avec Mado était parfaitement artificiel et les sentiments de sa femme à son égard ne lui laissaient plus guère d'illusions depuis longtemps.

Il entretenait d'ailleurs, de son côté, avec

des secrétaires de la société qui l'employait, des relations qui n'étaient pas uniquement professionnelles.

Momone, par contre, réagit beaucoup moins bien. Si son couple, comme bien d'autres, n'avait pas échappé à l'usure du temps, au moins avait-elle cru, jusqu'à présent, qu'il conservait quelques bases solides. Difficile dans ces conditions de ne pas être affectée. La réaction ne se fit pas attendre et elle engagea une procédure de divorce.

Les excentricités répétitives et d'un goût douteux de Mado ne manquèrent pas de faire d'elle la cible privilégiée des clabaudages de tous ordres. Quiconque, homme ou femme, se rendait seul chez elle et s'y s'attardait un peu trop, surtout lorsque Léon était absent, était immédiatement soupçonné de débauche. Cela eut pour effet d'en inciter plus d'un à la prudence. Aussi les visites se raréfièrent-elles considérablement. Hormis tous les cancans dont elle était l'objet, Mado ne tarda pas à réaliser qu'à très court terme elle allait se retrouver totalement isolée, situation qu'elle ne saurait supporter. La seule parade à cette quarantaine programmée, et déjà partiellement effective, serait de quitter le village pour tenter d'aller reconstruire une vie nouvelle ailleurs.

Léon ne s'opposa pas à cette solution. Le statut de cocu, même s'il vous pose en victime, n'est jamais enviable, surtout dans une bourgade où quasiment tout le monde connaît tout le monde et où les papotages sont le quotidien des habitants qui s'ennuient.

Afin de ne pas trop perdre la face, ils convinrent de justifier ce projet de départ en expliquant que, Léon approchant de la retraite, ils aspiraient dorénavant à un changement de vie radical. Mado était originaire de Normandie. Sa sœur Mariette n'avait pas quitté les alentours du berceau familial. L'heure n'était-elle pas venue de penser à des retrouvailles par le biais d'un rapprochement géographique ? C'était d'autant plus envisageable que les deux beaux-frères s'entendaient parfaitement.

Ils prospectèrent donc dans la région choisie et trouvèrent rapidement une maison à retaper qui leur convenait.

Certes, d'importants travaux s'avéraient indispensables mais la propriété était composée - intérêt non négligeable compte tenu du mode de vie de ce couple quelque peu marginal - d'une habitation principale et d'une grange.

Mado logerait dans le pavillon principal, lequel serait aménagé à sa convenance, quant à Léon, il intégrerait la grange après sa transformation en lieu de vie.

Ce qui fut dit fut fait.

Sitôt son nouveau logement devenu habitable, Mado y emménagea. Léon, toujours en activité, demeura dans les Vosges mais il était plus souvent en déplacement qu'à son domicile. Il venait de temps en temps en Normandie histoire de rappeler son existence et aussi pour surveiller les travaux d'agencement de sa future résidence.

Plus question pour Mado de reproduire les frasques et les écarts dont elle payait aujourd'hui la note, il s'agissait dorénavant de se montrer discrète, joviale, d'apparaître à l'écoute des autres plutôt que de se mettre en avant, bref, si l'on peut dire, elle était décidée à se refaire une virginité.

Serait-elle capable de tenir ces bonnes résolutions ? Dans un premier temps il sembla que oui. Pendant presque deux ans, ceux qui l'avaient longtemps fréquentée ne l'auraient pas reconnue. Elle semblait pondérée, pas inhibée bien sûr mais ils devenaient rares les propos paillards, vulgaires dont elle s'était fait une spécialité.

Elle se montrait avenante, cherchant à racoler le plus possible d'amis ou prétendus tels, désireuse qu'elle était, comme toujours, de voir graviter autour d'elle une véritable « cour ».

Qu'on ne s'y trompe pas, tout le monde n'était pas digne d'en faire partie mais les élus étaient choyés et entretenus. Se montrer flatteurs, connaître quelques secrets bien gardés de la vie du village, voire quelques anecdotes croustillantes, assurait de figurer en bonne place sur la liste des personnes bienvenues. Cela ne signifie pas pour autant que tous jouissaient d'une effective considération. Certains gardaient le qualificatif de « crétins » mais de « bons crétins » et elle ne le disait que lorsqu'ils avaient le dos tourné. Face à eux, elle ne manquait jamais de les encenser : habileté politique oblige.

Pour les élus les plus estimés, les invitations à prendre le café, l'apéritif ou même à partager le repas se multipliaient.

Le pavillon dans lequel logeait Mado n'était ni beau ni particulièrement original mais les travaux d'agencement intérieurs le rendirent assez agréable.

La grange de Léon, quant à elle, fut aménagée avec goût.

Ces réalisations faisaient la fierté de Mado qui rabâchait que cela lui avait coûté une fortune. Le payeur était à vrai dire son mari mais elle occultait volontiers ce détail.

Tout individu nouvellement admis dans le cercle des « proches » subissait inévitablement, dès sa première visite, les honneurs de la maison avec l'indispensable visite intégrale de la résidence de Madame et de la garçonnière de Monsieur.

Depuis son plus jeune âge, Léon s'était pris de passion pour la peinture aquarelle. Il n'était ni Jongking ni Turner, encore moins moins Delacroix, mais dessinait fort bien, avait le sens de l'harmonie des couleurs et une effective habileté dans le maniement du crayon et du pinceau. On pouvait seulement regretter qu'il n'ait pas une véritable personnalité artistique et ses œuvres manquaient à vrai dire de caractère.

Qu'importe, cet autodidacte était certain de son talent, et le plus sûr moyen d'en convaincre son auditoire consistait à l'affirmer haut et fort car il n'était pas loin de se considérer comme un des maîtres de la discipline.

Mado, qui n'avait aucune connaissance dans le domaine de la peinture, se posait cependant en critique avertie, en spécialiste de l'art, vantant pour une fois les qualités de son mari dont la production lui permettait, au moins le pensait-elle, de briller en société.

Elle se montrait si convaincante qu'il advenait parfois que tel ou tel lui demande si elle-même ne taquinait pas aussi le pinceau. La réponse qu'elle apportait n'était pas sans rappeler l'anecdote de la concierge de Marcel Pagnol lorsqu'elle lui avait dit un jour : « Vous écrivez des livres ? Moi j'aurais jamais la patience ! ». Mado n'aurait en aucune façon accepté de confesser qu'elle n'avait aucun talent dans le domaine graphique ou pictural ou dans tout autre matière car c'eût été déchoir. Aussi avançait-elle des justifications qui ressemblaient fort à la réplique naïve adressée à l'auteur de Marius mais ici, il ne s'agissait guère d'ingénuité mais plutôt de fatuité.

Dans ce désir d'en mettre « plein la vue » à l'entourage, les deux habitations, celle de Mado et celle de Léon, étaient excessivement surchargées d'œuvres du maître des lieux. Plus d'une cinquantaine d'aquarelles étaient accrochées aux murs, serrées les unes contre les autres, dans chacune des pièces que les « courtisans » étaient invités à visiter. Jamais musée ou galerie d'exposition n'avaient rassemblé autant de peintures, dessins et autres, entassés sur une si petite surface. Du coup, les visiteurs, inévitablement saturés, ne retenaient que « le caractère prolifique de l'aquarelliste », dans l'impossibilité où ils se trouvaient d'apprécier sérieusement ce capharnaüm artistique.

Cette nouvelle vie à laquelle s'étaient astreints Mado et Léon était-elle susceptible de constituer un changement durable ? Rien n'était moins sûr. On ne se départit pas commodément d'habitudes multi décennales. Pas facile de se tenir en retrait quand on a eu coutume, toute sa vie, de se propulser en permanence à l'avant-scène, quitte à piétiner tous les rivaux.

Le fond remonta à la surface.

Ses fréquentations furent de nouveau abreuvées de plaisanteries particulièrement lourdes et répétitives. Nombre d'entre-elles se souviennent l'avoir entendue seriner à tout bout de champ, pendant des années, la même gaillardise : la seule, en vérité, à son répertoire.

Dans le même ordre d'idée, y avait-il de quoi s'esclaffer à la regarder jouer le crucifié sur les calvaires qu'elle rencontrait au cours de promenades entre amis dans la campagne, cela à plus de soixante-cinq ans ? Ces braves gens avaient l'élégance de ne pas faire remarquer que la récurrence de ces bouffonnades devenait un peu soûlante et ils feignaient de continuer d'en rire. Contrairement à ce qu'ils pensaient, ils n'en tiraient aucune gratitude bien au contraire. Leur indulgence suscitait plus volontiers son dédain. « Avec pareils fûtés, nul besoin de se casser la tête, il n'y a que ce genre de blague qui les amuse ! »

En matière de grossièreté aussi, les vieilles pratiques ressurgirent immanquablement. Le moindre dérapage verbal de l'un ou l'autre apparaissant pour Mado comme une invite à la trivialité, les gauloiseries comme les gestes obscènes redevinrent très vite son quotidien. Un bras d'honneur, un doigt d'honneur, une grossièreté occasionnels, dans une circonstance particulière, peuvent passer pour de l'humour. Lorsqu'ils sont à ce point itératifs, ils trahissent une effective vulgarité ?

Jusqu'où la résurgence de ses vieux démons la pousserait-elle ? Ce n'était qu'affaire de circonstances mais quand on éprouve en permanence semblables aspirations, fussent-elles parfaitement inconscientes, il est bien rare qu'elles ne finissent pas par reprendre le dessus.

Mado ne pouvait échapper à son destin.

7

Il revint à sa mémoire ce jour de printemps où, pour la première fois, elle aperçut Julien .

C'était un grand jeune homme aux cheveux blonds légèrement ondulés, au regard bleu acier d'autant plus pétillant qu'il affichait en permanence un large sourire. Il portait une barbe de deux jours qui ne donnait nullement l'impression qu'il était mal rasé mais au contraire lui procurait un réel charme pour ne pas dire une certaine distinction.

S'il était âgé de trente-cinq ans, Mado aurait parié qu'il avait beaucoup moins. Elle s'était persuadée chaque fois qu'elle le voyait qu'il n'était pas même trentenaire.

Elle admirait sa prestance, sa démarche élégante, le charisme qui émanait de sa personne.

Elle songeait parfois qu'il aurait pu être son fils, ce fils dont elle avait toujours rêvé, pétri de toutes les qualités qui faisaient défaut aux siens. Ni tatoué, ni porteur de piercings, ni addict à l'alcool ou à la drogue, il gardait en toute circonstance une attitude réservée qui contrastait en particulier avec celle de Tic-tac, lequel avait de qui tenir...

Très souvent, Julien passait devant chez elle. Sans doute les travaux d'aménagement du pavillon ou de la grange de Léon attireraient-ils son attention comme celle de bien des promeneurs et donc, très naturellement, il scrutait dans cette direction. Mado se plaisait à imaginer que cet intérêt pour ce qui se passait dans sa propriété n'était qu'apparence et qu'elle-même excitait bien la plus la curiosité que l'évolution du chantier. Elle s'était jurée, à la première occasion, de faire la connaissance de cet Apollon et pourquoi pas de l'attirer dans « ses filets ».

La chance lui sourit un jour de kermesse au village.

Dans son souci éternel de paraître et de renforcer « sa cour », elle se montrait à toutes les fêtes locales. Si elle ne se privait pas de dénigrer tous ces péquenauds qui ne ratent pas une occasion de se saouler en s'empiffrant de merguez et de frites, elle se faisait malgré tout un devoir d'être présente : condition indispensable pour étayer sa popularité.

Le hasard mit l'un et l'autre en relation par le biais d'une connaissance commune. Ils déjeunèrent à la même table, accompagnés d'autres villageois, Mado ayant pris la précaution de s'asseoir à côté du garçon qu'elle lorgnait depuis si longtemps. Instantanément elle noua la conversation, négligeant les autres personnes installées avec eux.

Elle lui expliqua que souvent elle le voyait passer devant chez elle, qu'à plusieurs reprises elle avait eu la tentation de l'inviter à entrer, histoire de faire connaissance, mais n'avait pas osé de crainte de le gêner.

Elle le questionna longuement, avide de tout savoir sur lui ou au moins d'en apprendre le plus possible.

Elle découvrit ainsi qu'il exerçait la profession de kinésithérapeute, qu'il habitait une maison un peu éloignée en sortie du village et que, séparé de sa compagne depuis quelque temps, il vivait seul.

Ils bavardèrent longuement à propos de tout et de rien puis, Mado considérant que provisoirement elle possédait l'essentiel de ce qui l'intéressait, ne poussa pas plus loin son questionnement. Bien sûr, elle entendait ne pas s'en tenir là mais elle était consciente de la nécessité de ne pas brusquer les choses. Après tout, son enquête ne faisait que débuter.

Lorsqu'ils se séparèrent, elle ne manqua pas de le convier à lui rendre visite, à venir boire un café ou l'apéritif en fonction de l'heure qui lui conviendrait le mieux. Elle lui ferait visiter sa propriété, lui montrerait les œuvres de son artiste de mari, et puis ce serait l'occasion d'échanger davantage.

Julien accepta l'invitation mais tarda quelque peu à exécuter sa promesse. Timidité ou désintérêt ? Quelle que soit la raison, elle n'était pas de nature à inciter Mado à capituler. Elle s'attacha, dans un premier temps, à repérer les jours et heures où il passait le plus régulièrement devant chez elle. Ce ne fut ensuite qu'une formalité pour le prendre à son piège. Régulièrement, à l'heure probable de sa venue, elle se positionnait dans son jardin, en bordure de rue, un sécateur à la main, et s'appliquait à la taille de ses rosiers. Jamais arbustes ne furent éclaircis avec autant de soin, jamais plate-bande ne fut entretenue avec une telle méticulosité. Pas une mauvaise herbe n'échappait à sa vigilance. Il fallait bien justifier sa présence à cet endroit, la faire durer, et aussi occuper le temps en attendant que la proie traquée fasse enfin son apparition.

Parfois, un voisin ou une vague connaissance passait par là. Un dialogue sans intérêt s'engageait alors qui l'aidait à patienter tout en motivant une certaine inquiétude : « Pourvu que Julien n'arrive pas pendant que cet imbécile me tient la jambe. Il risque de tout faire rater ».

Sa patience fut récompensée, son vœu finit par être exaucé. Mado feignit la surprise en l'apercevant. Ils échangèrent quelques banalités en guise de préambule puis rapidement elle lui suggéra d'entrer prendre un verre. Le garçon accepta. Un pas important venait d'être franchi dans l'établissement d'une relation pérenne.

Naturellement, il n'échappa pas à la traditionnelle visite de la maison ainsi qu'à la présentation des innombrables aquarelles du *maître*.

–Une autre fois, dit Mado, je vous ferai visiter le pavillon de mon mari. Nous avons choisi d'avoir chacun notre habitation ce qui ne nous empêche pas de vivre ensemble mais permet à chacun d'avoir son indépendance. Ça limite les risques de conflits et puis, à notre âge, après tant d'années de mariage, on n'éprouve plus vraiment le besoin d'être confrontés en permanence. On aspire plutôt à un peu de tranquillité, ajouta-t-elle en esquissant un sourire complice. Il faudra d'ailleurs que vous fassiez la connaissance de Léon. Il n'est pas toujours présent, car il exerce encore ses activités professionnelles, mais ça ne durera plus.

Tout en bavardant, elle remplissait les verres, presque à ras bord. Elle ne cherchait pas particulièrement à enivrer son invité mais procédait ainsi par habitude. Ce n'était guère conforme aux usages du savoir-vivre mais elle imaginait, de cette manière, se donner une image de générosité. Elle ne poussa pas, ce jour-là, jusqu'à le retenir à dîner. Il convenait d'agir avec prudence mais ce n'était bien sûr que partie remise.

Subrepticement, elle l'amena à dévoiler des éléments de sa vie privée. Il était, depuis près de huit mois, séparé d'une compagne avec laquelle il avait vécu trois ans et demi. Il n'avait pas d'enfant et aujourd'hui vivait seul. Il s'était installé dans ce village il y a une dizaine d'années lorsqu'il avait démarré son activité à la maison médicale de Beaumont-le-

Roger, bourgade située à une dizaine de kilomètres.

Il se plaisait dans ce pays dont il n'était pas originaire mais où il s'était senti, dès son arrivée, plutôt bien accueilli. Certes, il avait quelque peu déchanté par la suite. Comme souvent dans les campagnes reculées, il y avait une certaine méfiance vis-à-vis de *l'étranger* qui vient à s'aventurer. Bien sûr, la plupart des habitants étaient sympathiques, mais il sentait malgré tout une évidente circonspection à son endroit. On ne pénètre pas comme cela le monde paysan. Son métier, pourtant, le prédisposait, comme le médecin, l'instituteur ou le curé du village, à tisser de nombreux liens. Les gens étaient parfaitement agréables avec lui, il en convenait, mais de là à le considérer comme un des leurs, il y avait une marge qui n'avait jamais été franchie.

Il illustra son propos d'une anecdote.

Afin de mieux s'intégrer, il s'était fait une obligation, dès son installation dans le pays, de participer à toutes les manifestations organisées, qu'elles soient festives ou qu'il s'agisse de commémorations, à fréquenter les associations locales, bref à partager la vie des autochtones.

Quand vint le temps des élections municipales, il fit acte de candidature. Il entendait par ce moyen montrer son intérêt pour la vie locale et manifester son désir de se mêler le plus possible aux habitants du pays. Mal lui en prit. Il réunit sur son nom à peine plus d'une vingtaine de voix sur les presque deux cents électeurs du village. Cela ne le froissa pas mais il en tira la leçon : il ne faut jamais tenter d'occuper plus de place que les autres ne sont disposés à vous concéder.

Combien d'heures dura la discussion avec Mado ? Julien aurait été bien en peine de le dire. Pris dans le feu de la conversation, il n'avait pas vu le temps passer. Il repartit, pas véritablement éméché, mais tout de même quelque peu aviné. Il avait le vin gai et garderait le souvenir d'une bonne soirée.

Mado était ravie. Son acharnement avait été récompensé au-delà de ses espérances. Son nouvel ami avait promis de revenir et cette fois, elle en était sûre, il tiendrait parole. Elle retint, comme élément essentiel, la confirmation qu'il vivait seul et donc qu'il était libre. C'était plus qu'un détail car cela conditionnerait leurs relations futures.

Elle n'avait probablement pas, à ce moment,

d'autre objectif que de tisser avec lui des liens amicaux. Elle éprouvait seulement le besoin de le conquérir, de susciter son intérêt, son admiration. Ce n'est que bien plus tard que les choses évoluèrent.

8

Des voix résonnant dans les immenses couloirs vides, des bruits de clés qu'on manipule, le claquement métallique de portes et de grilles tirèrent Mado du sommeil précaire dans lequel elle avait brièvement replongé. C'est à peine si elle bougea lorsque la porte de sa cellule s'ouvrit. Sans lui adresser le moindre mot, le maton remplit d'un mauvais café la tasse qui traînait sur la table tandis que sa collègue déposait à côté le morceau de pain du petit déjeuner. Ni l'un ni l'autre ne semblaient avoir prêté attention à la forme humaine enfouie sous la couverture mais ce n'était qu'illusion. D'un coup d'œil rapide et exercé, ils avaient vérifié que tout était normal, qu'après la condamnation qui venait de la frapper, la détenue n'avait pas risqué d'attenter à ses jours. Il y avait comme cela des instants critiques où il convenait de redoubler de vigilance.

Habituellement, sitôt la porte de la cellule

refermée, Mado se levait languissament pour absorber le jus de chaussette fraîchement servi. Afin d'en renforcer le goût, elle y ajoutait une cuillère de café soluble qu'elle avait cantiné. Elle n'appréciait pas trop le pain, très souvent rassis, mais grignotait quelques biscuits qui venaient à propos améliorer son ordinaire.

Ce matin, elle n'était guère disposée à abandonner sa couche. Se soumettre à la routine était, lui semblait-il, accepter une situation destinée à se perpétuer : celle de détenue de longue durée. Bien que ce soit l'avenir qui lui était promis, elle refusait encore de l'admettre et imaginait de cette manière retarder, sinon éviter, l'inéluctable.

Elle demeura un long moment à rêvasser. Le film des cinq longues journées devant la cour d'assise tournait en boucle dans sa tête. Y échapper était tâche impossible. Une séquence chassait l'autre. Les flashes se succédaient. Nul moyen de refouler ces pensées qui la torturaient.

Sa mémoire se fixa sur le témoignage du psychiatre, ce soi-disant expert venu exposer ses convictions. Ce gros porc n'avait pas été tendre non plus. Il avait déballé ses certitudes alors que, comme tous les autres, il n'avait rien compris à son histoire. Le pire était que ces jurés imbéciles n'avaient pu que tomber sous l'influence de ce bouffon en raison des titres dont il se prévalait et qui étaient censés asseoir son autorité.

Mado revit ce balourd avançant à la barre à l'appel de l'huissier. Les cheveux poivre et sel en bataille, les grosses lunettes d'écaille posée sur le bout du nez, il était une véritable caricature songea-t-elle. Les dessinateurs de presse chargés de croquer les différents intervenants à l'audience devaient s'en donner à cœur joie. La cravate de travers, un vieux veston aux poches déformées parce que probablement chargées de trop lourds objets, un pantalon en velours côtelé aux plis effacés pour avoir été trop longtemps porté sans jamais être repassé : tout cela lui donnait une allure négligée qui aurait bien dû nuire à sa crédibilité. Mais l'homme se moquait bien de l'impression visuelle qu'il produisait. Il s'exprimait d'un ton professoral, convaincu de détenir à lui seul la vérité.

Était-il possible, pensa Mado, que des magistrats fassent confiance à pareil clown ? Pourtant…

Une parodie de justice !

La voix aux accents rocailleux du bonhomme résonnait encore dans sa tête. Il s'exprimait en termes précieux, usant d'un vocabulaire volontairement technique, moyen pensa-t-elle d'affirmer sa compétence. Et tous ces ballots auxquels il s'adressait et qui n'avaient probablement pas la moindre notion de psychologie ne manquaient pas de se laisser influencer par un discours auquel ils n'entendaient rien.

Perverse, manipulatrice, mythomane, histrionique, il ne l'avait pas ménagée cet imbécile, ce gros nul ! C'est tout ce qu'il avait trouvé pour la qualifier. Encore un qui ne comprenait rien à l'amour. « Un coincé du cul » qui ignorait tout de la vraie vie, à moins que, derrière ses péroraisons moralisatrices, il ne dissimulât quelques vices cachés que nul n'était censé soupçonner. Il ne serait pas le premier du genre. Les policiers voyous, les magistrats corrompus, les experts pervertis ne manquent pas. La presse s'en fait l'écho régulièrement. Mado s'accrochait à cette conviction.

—L'instrument favori du pervers ou de la perverse, déclara-t-il, *n'est pas le fouet ou les chaînes mais bien la parole, cette parole maniée*

en virtuose qui lui sert à tromper, à railler, à humilier ses victimes, lesquelles demeurent muettes tant il est vrai qu'il n'est pas possible de dialoguer avec ce type de personne.

La perverse ne supporte pas la frustration. A elle, tout est permis. Elle se donne une importance démesurée. Cependant, elle n'est pas folle et sait parfaitement que faire souffrir les autres est braver un interdit. Mais elle refuse de se plier à la loi commune. La seule loi qui vaille, pour elle, c'est la sienne : celle de son désir. Alors quand il s'agit d'apprivoiser une proie, elle est capable de se muer en personnage avenant, presque sympathique. Comme le disait mon confrère criminologue et expert psychiatre en Avignon Dominique Barbier dans son ouvrage « La fabrique de l'homme pervers » : ce type de névrosée se déteste mais elle n'est pas angoissée pour autant et, sans être inconsciente de la souffrance qu'elle provoque, elle s'en moque. Elle ne se considère nullement responsable de la cruauté infligée à l'autre estimant que celle-ci n'est imputable qu'au monde dans lequel nous vivons et qu'elle estime corrompu.

- En concluez vous, demanda le président, que l'accusée était consciente de ses actes ?

- C'est une évidence. Je le répète : la perverse ne peut aucunement être considérée comme atteinte d'aliénation mentale.

Il poursuivit :

- Par ailleurs, la personne que nous avons examinée présente les caractéristiques d'une mythomane, ce qui signifie que le mensonge, la fabulation constituent son quotidien. Bien entendu, il ne s'agit pas de ces petits mensonges que tout un chacun peut être amené à pratiquer pour se sortir d'une situation embarrassante ou pour trouver une excuse ponctuelle. Non. La mythomane s'invente une vie brillante, des activités passionnantes. Comme disait Ernest Dupré, qui fut le premier à décrire la mythomanie au début du XXe siècle : « il s'agit d'une impulsion narratrice, d'une envie de raconter quelque chose d'extraordinaire pour se rendre socialement intéressante ».

Même piégée, la mythomane ne reconnaîtra jamais son mensonge. Au besoin, elle est capable d'en inventer un autre encore plus énorme pour se justifier. Elle ne revient jamais en arrière. Elle est lancée dans une perpétuelle fuite en avant comme l'a très bien expliqué le professeur Lejoyeux, chef du service de psychiatrie et d'addictologie à l'Hôpital Bichat.

- Pensez-vous cependant que l'accusée soit amendable, interrogea encore le président ?

- C'est justement là tout le problème. Et c'est une vraie difficulté car les mythomanes ne se reconnaissent pas comme malades ; ils refusent d'admettre qu'ils mentent et par voie de conséquence excluent de se soumettre à quelque traitement que ce soit.

Il marqua un temps et enchaîna :

−L'examen de la patiente a révélé d'effectifs troubles de la personnalité histrionique. Ce type de troubles est défini par l'association américaine de psychiatrie comme caractérisé par un besoin d'attention exagéré. Le patient est perpétuellement en quête d'attention de la part de son entourage. Il éprouve la nécessité permanente de se mettre en valeur, de séduire, d'attirer le regard ou la compassion. Il ressent un besoin inextinguible de plaire. Pour ce faire, l'histrionique use de toutes sortes de moyens. Le charme en fait partie mais pas seulement. Ses moyens de séduction seront parfois parfaitement inadaptés mais qu'importe : la seule chose qui compte

pour lui est d'attirer l'attention, de faire en sorte que ses besoins soient comblés, fut-ce au détriment de ceux des autres.

L'association américaine de psychiatrie a recensé neuf critères caractéristiques du trouble de la personnalité histrionique. Si le sujet répond à au moins cinq d'entre-eux, il est considéré comme effectivement atteint de ce trouble.

En la circonstance, nous n'avons eu aucune difficulté à dénombrer cinq manifestations :

−La personne est mal à l'aise dans des situations où elle n'est pas le centre de l'attention ;

−Elle a vis-à-vis d'autrui un comportement de séduction inadapté et des attitudes provocantes ;

−Elle utilise régulièrement son aspect physique pour attirer l'attention ;

−Il y a chez elle une dramatisation, une exagération de l'expression émotionnelle qui se manifeste par un véritable théâtralisme ;

− Enfin, elle a tendance à considérer que ses relations sont beaucoup plus intimes qu'elles ne le sont dans la réalité.

L'Organisation Mondiale de la Santé a une

approche légèrement différente. Elle répertorie pour sa part, six caractéristiques des troubles de la personnalité histrionique, considérant que si le sujet présente au moins trois d'entre-elles, il entre dans cette catégorie des malades. Concernant la personne dont il est question aujourd'hui nous en avons relevé quatre :

–L'auto-dramatisation, la théâtralité, l'expression exagérée des émotions ;

– Une affectivité labile - c'est à dire particulièrement instable - et aussi superficielle ;

–La recherche continue d'activités dans lesquelles elle serait le centre de l'attention ;

–Enfin la séduction inappropriée dans l'apparence ou dans le comportement.

Il marqua encore un temps.

J'en terminerai en disant que le sujet agit par projection. Cela signifie que les pulsions qu'elle perçoit et qu'elle ne peut accepter pour sa personne, elle les rejette à l'extérieur et les localise dans l'autre. En clair : elle accuse les autres de tout ce dont elle est coupable ce qui lui permet de méconnaître cette culpabilité en elle-même

Une question vient alors à l'esprit, renchérit

le président : « Ce trouble comportemental n'est-il pas de mesure à atténuer la responsabilité de l'accusée ? »

- Personnellement, je ne le pense pas ! L'accusée a une parfaite conscience du bien et du mal. Elle connaît les interdits, elle perçoit les limites à ne pas franchir mais pour sa propre convenance elle s'exclut du jeu. En somme il y a des règles, elle les connaît, je dirais même elle les reconnaît, mais elle considère que ces règles ne concernent que les autres.

Ce type est fou songea Mado. Il dit n'importe quoi. D'ailleurs tous les psys sont fous. Des cinglés, des lunaires qui s'imaginent percer les mystères de leurs semblables, mais que savent-ils au fond ? Au nom de quoi seraient-ils aptes à détecter ce que les autres ont dans la tête ? D'ailleurs il n'y a qu'à voir leur dégaine : des foldingues. Tous des foldingues.

Celui-là était sans doute un des pires mais elle allait le casser, le détruire. Il ne serait bientôt plus rien. Non seulement plus un juge ne lui confierait à l'avenir la moindre expertise mais mieux encore, elle le ferait radier par le conseil de l'ordre en raison de son incompétence.

Elle était encore dans un demi sommeil. Émergeant de son rêve sans avoir encore totalement repris conscience, elle s'efforçait de le prolonger, de le faire aboutir, de lui donner l'issue favorable qu'elle souhaitait. Mais la réalité était plus forte et devait bientôt reprendre le dessus.

Elle s'éveilla tout à fait et se trouva de nouveau confrontée et cette abominable réalité : elle était en prison pour des années.

9

Les yeux fixés au plafond, Mado parcourait du regard, sans même y penser, la fissure qui longeait le mur et qu'elle connaissait par cœur jusque dans les moindres détails. Elle suivait son chemin tortueux.

Déciderait-elle de se lever ? Pour quoi faire ? Elle avait prévenu qu'elle n'irait pas travailler et, compte tenu des circonstances, nul ne l'y obligeait. Bien sûr, cette tolérance ne serait que provisoire. Ensuite, soit elle reprendrait son occupation, soit elle y renoncerait mais sans certitude de pouvoir, un jour, retrouver une activité.

La règle est ainsi faite que, si les détenus ne peuvent être contraints au travail, celui-ci n'est pas un droit. Il demeure à la discrétion du directeur de la prison qui statue sur l'embauche de tel ou tel et n'a pas à justifier sa décision. Certes, les chefs d'établissement ne voient que des avantages à occuper les gens dont ils ont la charge car ce dérivatif, même s'il n'a rien de particulièrement exaltant, est facteur de calme. Encore faut-il disposer d'une enveloppe budgétaire suffisante pour faire vivre le système. Bien que très mal payé (entre vingt et quarante-cinq pour cent du SMIC), compte tenu du nombre de personnes incarcérées, les sommes allouées sont loin de permettre la satisfaction de toutes les demandes. À peine un quart des prisonniers a la possibilité d'exercer un emploi.

Les tâches proposées, même peu dignes d'intérêt, présentent un double avantage : elles aident à tuer le temps et elles permettent de se procurer quelque argent pour améliorer l'ordinaire, pour cantiner comme disent les taulards.

Mado était employée à des travaux de pliage de prospectus et de mise sous enveloppes : besogne plutôt rébarbative il est vrai. Elle aurait préféré une activité de cuisinière, de femme de ménage ou même de coiffeuse (ce qui, quand on voyait sa tignasse pouvait prêter à sourire) mais ça n'avait pas été possible. Ces places, les plus convoitées, étaient déjà occupées. Un jour peut être... Elle tenait pourtant à son job, non pour satisfaire des besoins matériels – Léon alimentait régulièrement son pécule – mais parce que cela l'aidait à mieux maîtriser le temps, ce temps qui est le plus dur ennemi des détenus. C'était en somme pour elle, comme pour ses congénères, une hygiène de vie, rien n'étant plus destructeur que l'oisiveté.

Mais au lendemain de la lourde condamnation qui venait de la frapper, elle avait perdu tous ses repères. Tout ce qui rythmait sa vie, tout ce qui avait fini par devenir habitudes durant sa détention préventive était soudain anéanti.

Jusque-là, elle avait vécu dans un rêve, sûre de sa libération prochaine. Accrochée à cette certitude, elle avait échafaudé nombre de plans. Libérée, elle ne retournerait pas dans son village : pas question d'affronter le regard de ces péquenauds qui avaient pourtant bien profité d'elle mais qui, aujourd'hui, la dédaigneraient, la regarderaient avec encore plus de mépris que de condescendance. Avec Léon, ils iraient s'installer dans une autre région où ils pourraient recouvrer l'anonymat. Une fois de plus, ils repartiraient à zéro. Bien sûr ce nouveau déplacement géographique l'éloignerait de Julien mais il ne serait pas pour autant synonyme de rupture. Ils reconstruiraient différemment leur relation. Le jeune homme viendrait régulièrement leur rendre visite. Il séjournerait chez eux à l'occasion. Elle ne doutait pas un seul instant qu'il lui resterait fidèle, au moins en amitié.

Elle ne se cachait pas qu'il faudrait du temps mais elle était certaine de parvenir à ses fins.

Seulement voilà, ses rêves venaient subitement d'être réduits à néant à cause d'une bande d'abrutis : de juges redresseurs de torts, de jurés qui n'avaient rien compris, d'un avocat général qui s'était érigé en détenteur de l'ordre moral, d'un expert incompétent plein de fatuité, de témoins envieux et revanchards. Tous s'étaient ligués contre elle pour lui faire payer son bonheur et sa volonté de rendre heureux ce garçon si beau, si fin, pour lequel elle aurait tout donné.

Pareille injustice était-elle possible ?

Léon n'était même pas venu assister aux deux dernières journées du procès. Après sa déposition devant la cour, le troisième jour, il s'était retiré pour ne plus reparaître dans l'enceinte du palais. A la barre, il n'avait pas cherché à l'enfoncer, bien au contraire, mais elle l'avait senti sur la réserve, mal à l'aise. Il ne s'était guère montré convaincant, loin s'en faut, et elle n'était pas dupe. Sa préoccupation première avait été de sauver sa peau à lui, et tant pis pour elle. Il n'était nullement impliqué dans l'affaire qui avait conduit son épouse devant la cour d'assises mais lui-même connaissait ses propres soucis judiciaires, lesquels l'incitaient à la prudence.

Cela aussi Mado le percevait comme une véritable injustice. Léon allait probablement s'en tirer et c'était tant mieux pour lui, mais elle, ne méritait-elle pas aussi une certaine clémence ? Le monde est pourri, pensa-t-elle, et elle en était la victime expiatoire.

Elle se souvint de cet appel téléphonique de Valérie. Cela remontait à un peu plus de quatre ans, pourtant elle se le rappelait comme si c'était hier.

– J'ai des choses importantes à te dire, maman. C'est très grave. Ça concerne Clotilde.

Clotilde était la fille unique de Valérie, la petite fille de Léon et Mado. Elle venait d'avoir vingt-cinq ans et, si elle revêtait l'apparence d'une jeune femme équilibrée, ceux qui la connaissaient bien la trouvaient plutôt mal dans sa peau. Ce mal être l'avait conduite à entreprendre une psychothérapie.

Jusqu'aux révélations de sa fille, Mado avait été tenue dans l'ignorance de cet état de fait.

Le burnout, la déprime sont les maladies du siècle pensa-t-elle tout d'abord. Elles touchent les jeunes plus encore que leurs aînés.

Au fond, ce qui arrivait à sa petite-fille n'avait rien d'étonnant. Elle tentait ainsi de rassurer Valérie mais sentait bien que ce raisonnement passait mal. Valérie avait envie de parler et ce qu'elle avait à dire ne venait pas. Elle tergiversa longuement avant de se jeter à l'eau. Encore ne le fit-elle que très progressivement.

–Clotilde a été victime d'agressions sexuelles à l'adolescence. Elle a fini par le révéler à son psychiatre après plusieurs séances de psychothérapie.

Mado fut abasourdie. Quel salaud avait pu… ?

Valérie hésita longuement. Elle ne parvenait pas à cracher ce secret qui l'étouffait. Elle éclata en sanglots et lâcha soudain :

–C'est papa !

Mado demeura muette, tétanisée. Elle avait sûrement mal compris. Il était impossible que... Mais sa fille, enfin libérée de ce trop lourd fardeau, devenait soudain volubile :

–Tu te rends compte ? répétait-elle sans arrêt, sa petite-fille. Il ne lui a pas suffi de moi. Il a fallu qu'il s'en prenne aussi à elle. Tu n'avais jamais voulu me croire...

La communication se prolongea jusqu'à ce que l'arrivée de Clotilde chez sa mère oblige celle-ci à y mettre fin précipitamment.

Mado resta un long moment prostrée après avoir raccroché le téléphone. Comment était-il possible…? Pouvait-elle mettre en doute les paroles de sa fille et de sa petite-fille ? Il revint à sa mémoire cette confidence de Valérie peu après son remariage avec Léon, cette accusation qu'elle avait balayée d'un revers de main et qui aujourd'hui revenait tel un boomerang. Avait-elle été aveugle à ce point ? L'homme qu'elle avait côtoyé plus de quatre décennies était-il tellement abject ? Père incestueux, grand-père incestueux ?

Il lui fallait rapidement reprendre ses esprits. La soirée approchait. Léon ne tarderait plus à venir manger comme chaque midi et chaque soir. Quelle attitude adopterait-elle ?

Elle résolut de ne rien laisser paraître.

Tout le long du repas, elle l'observa à la

dérobée comme si elle allait subitement découvrir sur son visage quelque chose de nouveau. Lui, ressentait bien une impalpable tension mais, habitué aux sautes d'humeur de son épouse, il choisit, comme chaque fois, de ne pas y prêter attention.

Les jours suivants il constata qu'elle conservait vis-à-vis de lui une attitude froide, pour ne pas dire hostile, à laquelle il ne trouvait pas d'explication.

Passé le temps de la surprise et de la révolte, Mado, toujours friande de susciter l'intérêt, réalisa le profit qu'elle pouvait tirer de cette situation nouvelle.

–C'est un véritable tsunami qui se prépare, confia-t-elle alors, non sans une certaine jouissance, à quelques amis soigneusement triés sur le volet. Tu ne devineras jamais ce qui m'arrive. Elle disait ce qui « m'arrive » car comme toujours elle se plaçait au centre de l'action. Léon est accusé de viol par Clotilde. Valérie aussi a été victime d'attouchements de sa part lorsqu'elle était adolescente. Incroyable ! Dire que j'ai vécu des dizaines d'années avec un homme sans vraiment le connaître et que ce n'est qu'aujourd'hui que je découvre le triste individu qu'il est.

Elle choisissait soigneusement ses confidents car il n'était pas question d'étaler ce genre d'affaire sur la voie publique. Tous ces paysans auraient vite fait l'amalgame et les auraient mis, elle et son mari, dans le même sac, ce qui n'était évidemment pas l'effet escompté. Il s'agissait de polariser l'attention, d'exciter la curiosité, voire de susciter la compassion, mais cette quête se limitait à un public sélectionné dont elle ne doutait pas qu'il prendrait son parti et, qu'en outre, il saurait se montrer discret. À ceux-là, elle cherchait comme toujours à ancrer cette idée : « Vous voyez bien, à moi il n'arrive que des aventures extraordinaires ! »

L'affaire était déjà énorme en soi, mais Mado ne se contentait jamais de peu. Il n'était pas question, après avoir usé de toute la dramaturgie nécessaire en matière d'annonce, de faire preuve subitement de retenue, de se contenter d'attendre que la police, puis la justice, aient fait toute la lumière au sujet de ces graves accusations.

Elle ne cessait donc de noircir le tableau, ajoutant au fil du temps de nouveaux détails tous plus sordides les uns que les autres, accusant son mari de méfaits qui faisaient de lui un véritable monstre.

Elle alla jusqu'à prétendre, tout en précisant n'avoir pas de certitude absolue - il est important, même dans les histoires extraordinaires, de suggérer tout en exprimant quelques réserves afin d'entretenir une effective crédibilité – que Léon aurait eu avec sa propre mère des rapports incestueux.

Plus tard, elle prétendit avoir appris de sa jeune sœur (ou plutôt jeune demi-sœur), que celle-ci avait été victime des déviances sexuelles de son mari. Cela s'était produit, selon elle, à l'époque de leur divorce. Elle convenait qu'il avait à ce moment retrouvé sa liberté, mais il avait abusé d'une jeune fille fragile. Comme elle était cependant majeure, il n'y avait officiellement rien de répréhensible dans cette conduite et il avait pu agir en toute impunité. Mais aujourd'hui il était question d'une affaire autrement importante à laquelle, cette fois, il n'échapperait pas aisément.

En somme, tous ces secrets de famille soigneusement gardés ressortaient subitement au grand jour.

Les amis les plus discrets, les plus prudents ou les moins dupes se limitaient à une écoute bienveillante, évitant soigneusement de jeter de l'huile sur le feu. D'autres n'hésitaient pas à attiser l'incendie. Josie, la bonne amie bisexuelle, ne nuançait pas son avis :

– À ta place, je le quitterais immédiatement. Qu'est-ce que tu fous avec ce type là ? Mais barre-toi !

Ce genre de conseil était d'autant plus gratuit et hypocrite qu'il émanait de personnes n'ayant rien à perdre en parlant ainsi, lesquelles, d'ailleurs, la plupart du temps, adoptaient vis-à-vis de Léon, lorsqu'elles se trouvaient en sa présence, une attitude d'apparence parfaitement amicale pour ne pas dire chaleureuse. Elles illustraient à la perfection le proverbe : « les conseillers ne sont pas les payeurs » ou encore la pensée de Voltaire : « Il est bon nombre de gens, en ce monde, qui ont un double visage ».

L'enquête de police diligentée progressait lentement mais sûrement. Valérie tenait régulièrement sa mère informée des investigations en cours. Clotilde avait été interrogée à plusieurs reprises. Ses déclarations étaient claires et dépourvues d'acrimonie. Elle ne nourrissait nul esprit de vengeance. Son but n'était pas d'envoyer son grand-père en prison mais elle attendait de lui qu'il reconnaisse s'être livré à des abus et, en quelque sorte, qu'il s'en excuse. A cette condition, pensait-elle, elle parviendrait peut-être à se reconstruire.

Valérie soutenait sa fille dans cette démarche. Elle montrait vis-à-vis de son père, bien plus de hargne que Clotilde à l'encontre de son grand-père. Elle savait parfaitement que les exactions qu'il avait commises contre elle étaient dorénavant prescrites et qu'il n'aurait plus à en répondre. Elle ne se battait donc pas pour elle-même. Non, ce qui la motivait, c'était l'insupportable récidive, le fait de s'en être pris à Clotilde. Cela, elle ne le lui pardonnerait jamais.

Mado se faisait forte de remettre de l'ordre dans cet imbroglio « judiciaro-familial ». Elle prenait les choses en main et allait contraindre Léon à faire acte de contrition. La pression qu'elle exercerait sur lui serait telle qu'il ne pourrait que courber l'échine.

C'était du moins ce qu'elle affirmait haut et fort auprès de sa cour rapprochée.

Elle ne fut pas loin de réussir, pensa-t-elle un moment. Léon avait trouvé une échappatoire, un compromis qui lui permettrait, pensait-il, de satisfaire les exigences de son épouse tout en sauvant la face.

—Je ne mets pas en doute la parole de Clotilde, je ne saurais l'accuser de mensonge, mais je ne me souviens absolument pas d'événements semblables.

La ficelle était un peu grosse. Prétendre ne pas se rappeler de tels actes n'était guère plausible. Son avocat le mit en garde contre les risques d'une telle déclaration. Aucun enquêteur, aucun juge d'instruction, aucun tribunal ne croira jamais à ce genre d'amnésie. Pareil système de défense laissait présager une condamnation à coup sûr.

—Si je lui fais cette concession, je peux espérer que Clotilde retire sa plainte.

—Vous êtes à mille lieues des réalités judiciaires, rétorqua l'avocat. Je vous rappelle que nous sommes dans le domaine pénal. Le parquet est saisi. Il a pour mission de poursuivre tous les crimes et délits. Que votre petite fille retire ou non sa plainte ne changera strictement rien. La machine judiciaire est en marche, l'affaire sera menée à terme.

Léon retint la leçon et rectifia immédiatement sa stratégie. Plus question de faire amende honorable.

Mado encaissa plutôt mal cet échec dans

sa tentative de tout régenter en se posant à la fois en médiatrice et en détentrice du pouvoir absolu.

Ce fut de nouveau la guerre.

Elle fut à son tour convoquée par la police pour être entendue dans le cadre de l'enquête. Elle s'efforça de paraître aussi neutre possible. Cette attitude nouvelle ne lui déplaisait pas. Elle la posait en personne sensée, raisonnable, parfaitement responsable. Elle déclara faire totalement confiance à sa fille et à sa petite-fille et ne mettre nullement en doute leurs paroles. Elle évita parallèlement de « charger » Léon. Sans doute, estimait-elle, y avait-il quelque exagération de la part des prétendues victimes. Son mari était peut-être un « vilain tripoteur » mais guère davantage. Le présenter comme un violeur était parfaitement excessif.

Quelques semaines passèrent durant lesquelles tout semblait figé. Valérie n'apportait plus d'informations nouvelles, Léon ne disait plus un mot sur ce qui se passait, le silence qui entourait l'affaire devenait de plus en plus insupportable. Après avoir suscité la curiosité de bien des gens, Mado pouvait-elle se résoudre à un mutisme synonyme d'ignorance et de perte de contrôle de la situation ?

Un matin, Léon étant parti balader dans la campagne, elle profita de son absence pour entreprendre une fouille en règle de ses affaires dans le but de glaner quelques renseignements intéressants. Elle n'eut aucun mal à découvrir, dissimulé derrière une rangée de livres de sa bibliothèque, le dossier dans lequel il collectait soigneusement tout ce qui concernait l'instruction en cours. Il y avait là des courriers de l'avocat, des copies de procès verbaux d'interrogatoires et toutes sortes de pièces d'intérêt divers.

Mado se plongea, non sans une certaine fébrilité, dans la lecture de ces documents. Les déclarations de Clotilde, ainsi qu'elle le pressentait, n'étaient pas empreintes d'esprit de vengeance. Celles de Valérie, par contre, étaient caractérisées par une agressivité, pour ne pas dire une véritable haine, à l'encontre de son géniteur. Il était clair que, pour elle, le pardon n'était pas d'actualité et qu'il tarderait à le devenir.

–Un tsunami, se répéta-t-elle de nouveau, ça va être un véritable tsunami.

10

Somnolait-t-elle ? Dormait-elle vraiment ? Il sembla à Mado qu'elle flottait sur un nuage. Elle percevait des sons extérieurs mais cette ambiance, pourtant familière, avait à cet instant quelque chose d'irréel. Elle évoluait dans un autre monde, un monde qui ne lui était pas hostile, bien au contraire.

Julien était assis à côté d'elle sur le canapé de son salon. La télévision diffusait une émission que ni l'un ni l'autre ne regardaient. Le son, à peine perceptible, maintenait seulement une ambiance phonique. Les tasses à café, sur la table basse, étaient vides.

Comme cela lui arrivait de plus en plus régulièrement, le garçon, profitant d'une après-midi de liberté, était venu lui rendre visite.

Léon ayant regagné l'Alsace pour quelque temps, ils jouissaient tous deux d'une parfaite tranquillité.

Ils lantiponnaient sur tout et sur rien. Mado hésitait encore à évoquer avec lui les graves accusations qui pesaient sur son mari. Sans doute s'y résoudrait-elle jour mais le moment n'était pas encore venu, pensait-elle. Elle préférait l'écouter, elle aimait le pousser à se dévoiler toujours davantage.

À coup de plaisanteries, souvent grivoises (on ne se refait pas), de réflexions d'apparence anodine, elle l'amenait progressivement à s'épancher, à évoquer de plus en plus de détails sur sa vie privée. La séparation d'avec sa compagne, la solitude qu'il vivait dorénavant étaient d'excellents sujets d'approche.

Elle avait longtemps hésité puis, subitement, sans préméditation aucune, elle aborda les questions les plus personnelles. Cela la taraudait depuis si longtemps qu'il était clair qu'elle ne saurait résister éternellement à la tentation.

Quelle vie sexuelle avait-il actuellement ? Il était jeune et devait forcément éprouver des besoins physiques. Avait-il une nouvelle amie ? Il assura que non. Se contentait-il d'aventures passagères ? Avec des patientes peut-être ?

La discussion prenait un tour plus qu'ambigu entre cet homme encore jeune, qui aurait pu être son fils, et cette femme qui avait presque le double de son âge et que les questions sexuelles préoccupaient en permanence. Plus rien ne l'arrêtait : ni la morale, ni la bienséance. Elle n'hésitait pas à forcer une discussion qu'aucune mère, digne de ce nom, n'aurait jamais osé provoquer avec son propre fils largement majeur et dorénavant maître de son intimité. Cela s'appelle la délicatesse, le respect de l'autre, mais...

Si quelqu'un avait qualifié d'équivoque ce type de conversation, elle aurait rétorqué, sans le moindre complexe, que seul l'instinct maternel la guidait, qu'elle se tenait seulement à l'écoute. On pouvait toutefois se demander si son discours n'était pas plus celui d'une péripatéticienne que d'une mère.

Pour mieux l'inciter à la confidence, elle lui narrait moult détails de sa jeunesse, de sa vie sexuelle, cela sans la moindre pudeur, mais avait-elle jamais été pudique ? Si le besoin s'en faisait sentir, elle grossissait le trait, embellissait la situation ou l'aggravait selon la nécessité. Elle ajoutait ici ou là quelques détails croustillants pour rendre le propos plus passionnant. Elle n'était jamais à court d'imagination.

Naturellement, elle faisait soigneusement l'impasse sur ses aventures homosexuelles. Si elle se voulait désinvolte, libertine, il convenait de ne pas risquer de heurter le garçon. Ces jeunes gens sont parfois plus fragiles qu'on ne le pense...

Pris dans le mouvement, Julien, d'abord sur la réserve, se laissa progressivement aller à s'épancher. La vie solitaire qu'il menait depuis plusieurs mois lui pesait.

Il ne doutait pas connaître un jour un nouvel amour mais vivait assez mal ce manque actuel.

Mado l'observait dans une attitude de compassion. Cette mélancolie suscitait sa pitié tout en engendrant paradoxalement une certaine jouissance. Julien devenait subitement un enfant qu'elle avait envie de serrer contre elle pour le consoler. Elle le fit sans la moindre gêne, passa son bras autour de son cou et colla sa joue contre son front. La chaleur et la douceur de sa peau étaient un véritable délice.

Dès lors, tout s'enchaîna de manière parfaitement naturelle sans aucun calcul de la part de l'un ou de l'autre. Caresses et baisers se succédèrent, de plus en plus tendres, de plus en plus intenses, de plus en plus fougueux. Quand leurs lèvres se rencontrèrent, Mado éprouva une telle sensation de bonheur qu'elle eut l'impression que sa poitrine allait exploser.

À peine le guida-t-elle dans l'acte sexuel. Elle souhaitait lui laisser l'impression qu'il en avait la maîtrise. Si elle ne jouit pas comme elle l'avait espéré, elle ne le jugea pas maladroit et l'estima tout à fait perfectible. Elle userait de son expérience pour le conduire vers le sublime. Elle ferait de lui un amant merveilleux et qu'importe les convenances.

Une fois encore, si cela s'était su, certains n'auraient pas manqué de la qualifier de cougar mais cela lui était bien égal. Ils étaient deux amants et les jalousies éventuelles ne la touchaient guère. Et puis ce bonheur resterait leur secret.

Il la quitta, le soir venu. Elle ne tenta même pas de le retenir à dîner. Soit qu'elle n'y pensât pas, soit qu'elle estimât qu'il était préférable de s'en tenir là après cette première expérience.

Jamais elle n'aurait cru… et pourtant tout s'était déroulé, simplement, sans préparation, sans la moindre préméditation.

Elle dormit plutôt mal la nuit qui suivit. Elle balançait entre félicité et inquiétude. Tout avait été si soudain… Ou, Julien lui était définitivement acquis, ou, effarouché par le tour inattendu qu'avaient pris les événements, il était perdu. Ne s'était-elle pas laissée emporter trop vite ? En ne résistant pas à l'impatience, n'avait-elle pas tout compromis ?

Mille questions lui trottaient dans la tête et elle passait par tous les états : les plus enthousiasmants et les plus désespérants.

Le lendemain et le surlendemain, Julien ne donna pas signe de vie. Mado pensa que tout était fichu. Elle ne saurait pourtant renoncer. Dans la soirée, elle résolut de l'appeler au téléphone.

–Tu me fais la tête, lança-t-elle en guise d'introduction, sur le ton de la plaisanterie ?

–Pas du tout, répondit-il le plus naturellement du monde. Mon confrère associé a eu un accident de moto. Rien de grave, seulement comme il n'est plus très opérationnel pour quelques jours, je suis obligé d'assurer pour deux. Nous avons pu faire reporter certains rendez-vous pris par ses patients, mais pas tous. Du coup, je suis un peu surbooké. Je m'en sors en jouant les prolongations le midi et le soir. A vrai dire, rien de dramatique, et puis tout rentrera bientôt dans l'ordre.

Au son de sa voix, elle comprit qu'elle s'était inquiétée inutilement. Il n'y avait aucun malaise, bien au contraire. Elle pouvait être rassurée.

L'improbable aventure dont elle n'avait même pas osé rêver était devenue réalité. Le beau jeune homme qu'elle avait un temps regardé comme le fils idéal, un fils qu'elle cherchait à s'approprier était devenu son amant.

Compte tenu de leurs âges respectifs, elle savait bien que ce bonheur ne serait pas éternel mais elle préférait ne pas y penser. Jouir de l'instant présent comptait avant tout. Ce qui est pris n'est plus à prendre.

Un claquement la fit sursauter, la tirant de son rêve. Le judas de la porte de sa cellule venait de s'ouvrir. Il se referma presque aussitôt et c'est à peine si elle put apercevoir le visage de la femme gardienne qui venait seulement s'assurer que tout était normal.

11

La nouvelle avait éclaté comme une bombe : Léon a un cancer.

Au cours d'une de ces opérations de dépistage systématique recommandée aux personnes du troisième âge, le doute s'était installé quant à la possible présence d'une tumeur maligne au gros colon. Des investigations approfondies avaient ultérieurement confirmé le diagnostic premier.

Il n'en fallait pas davantage pour que Mado enfourche un nouveau cheval de bataille. Adieu accusations de viol ou d'abus sexuels sur Valérie et Clotilde, il y aurait dorénavant une bien meilleure raison de polariser l'attention. D'une part cela constituerait un sujet de conversation infiniment plus noble (quoi de mieux qu'inspirer la pitié pour susciter l'empathie ?) d'autre part il n'y aurait plus de raison de trier soigneusement les bénéficiaires des confidences, celle-ci étant tout public et permettant d'agrandir à loisir le cercle des cancanières compatissantes.

Mado choisit de mettre au rancart les affaires policières d'hier pour ne plus se préoccuper que des problèmes de santé de son cher époux. Elle n'eut aucune peine à se justifier auprès de ceux dont elle rebattait les oreilles depuis des semaines avec le « tsunami judiciaire » qui menaçait son violeur de mari.

–Dans l'état où il est, je ne peux quand même pas l'accabler. Ce n'est certainement pas le moment. Il faut tout de même avoir un peu d'humanité.

C'était tout bénéfice : elle se donnait le beau rôle et, simultanément, écartait une affaire qui, tout compte fait, n'était ni reluisante ni valorisante.

Ce revirement ne fut cependant pas sans conséquences. Valérie et Clotilde le vécurent comme une trahison de leur mère et grand-mère et il s'ensuivit une rupture définitive de toutes relations. Mado en souffrit-elle ? Regretta-t-elle son choix ? Elle évita soigneusement, même auprès de ceux élus à recueillir ses confidences les plus intimes, d'aborder le sujet. Pas simple d'assumer pareille attitude quand on s'est toujours proclamée mère exemplaire.

Les plus observateurs ou les mieux renseignés, remarquèrent qu'aux fêtes qu'elle organisait, car elle ne dérogeait pas aux habitudes en ce domaine malgré les circonstances, les membres de sa famille brillaient par leur absence. Ni enfants, ni frères ni sœurs (à part Mariette), ni cousins ni cousines ne participaient dorénavant à ces rendez-vous festifs. Heureusement qu'elle avait pris soin de se constituer une « cour » abondante car, à défaut, la réussite de ces agapes destinées à entretenir sa popularité eût été sérieusement compromise.

La plupart n'y prêtait guère attention. Quant aux mieux informés, ils évitaient de s'étonner publiquement : il y a aussi des gens délicats.

Mado trouva soudain un vif intérêt à la nouvelle mission qu'elle s'était assignée et, l'être « peu recommandable » qu'était hier encore son mari, devint subitement l'objet de toutes les attentions, le seul sujet de conversation digne d'intérêt.

À défaut de présenter son état comme désespéré (il convient en toutes circonstances de nuancer ses propos pour entretenir la crédibilité), elle laissait entendre qu'une issue fatale n'était pas à exclure. Il était fort heureusement dans les mains des meilleurs spécialistes, lesquels n'avaient plus qu'une préoccupation : « Il faut sauver le soldat Léon ».

Plus encore que d'habitude, elle usait et abusait de l'emploi de tous les superlatifs. Son époux avait le plus grave cancer, mais comme ils avaient les meilleures relations dans les milieux médicaux les plus pointus, il allait bénéficier des traitements les plus élaborés et les plus efficaces. C'est tout juste s'il n'était pas le patient le plus surveillé et le mieux soigné de France en matière d'oncologie, le sujet de toutes les attentions de la part de l'académie de médecine.

Il fut opéré avec succès. L'hospitalisation n'excéda pas quelques jours et il ressortit dans une forme étonnante, reprit aussitôt toutes sortes d'activités, retrouva son appétit d'antan, ne dédaigna pas de prendre l'apéritif avec les amis comme auparavant, se remit à faire de longues promenades, si bien que les plus croyants se demandèrent si Dieu n'avait pas accompli un miracle.

Bien sûr il fut contraint de subir une chimiothérapie, ce qui est bien le moins après pareille intervention mais, elle aussi se déroula on ne peut mieux et se révéla d'une efficacité sans pareille. Pour la plupart des patients, ce type de thérapeutique implique de désagréables effets secondaires parmi lesquels, entre autres, la chute des cheveux. Léon y échappa. Le miracle était complet.

C'en était presque gênant à tel point que Mado ne manqua pas de seriner qu'il convenait d'être prudent et de ne pas parler prématurément de guérison. Il est certain qu'au train où allaient les choses, elle et son son mari cesseraient bientôt d'être l'objet de tous les regards, de toutes les écoutes, de toutes les prévenances, de toutes les interrogations. Il fallait donc veiller à entretenir le feu si l'on peut dire, exercice qui ne lui déplaisait pas car il aiguillonnait son imagination toujours très fertile dans ce genre de situation.

Pour quelques amis, ses discours plaintifs finissaient par devenir embarrassants. Une de leurs relations communes était, elle aussi, en proie à la terrible maladie. Cette personne particulièrement discrète, elle, ne se plaignait jamais et, quand on lui demandait comment elle se portait répondait invariablement : « Ça va bien ? Ça va plutôt mieux ».

Mado ne manquait jamais de profiter de

l'occasion pour rebondir, rappelant en guise d'introduction à quel point cette affection était terrible et dévastatrice et ajoutant aussitôt : « D'ailleurs pour Léon... ». Ainsi reprenait-elle la main et recentrait-elle immédiatement l'attention sur leur cas personnel.

La femme en question décéda en quelques mois mais, sans doute n'avait-elle pas été en de bonnes mains... ! Ce fut au moins le commentaire tout en délicatesse que la pseudo-ex-infirmière ne manqua pas de répandre ici ou là.

Certains, témoins de l'évolution des choses, finirent par douter de la gravité de la maladie de Léon. Mado n'avait-elle pas quelque peu exagéré ? C'étaient bien sûr de mauvaises langues.

Mais tout cela ne suffisait pas pour effacer le contentieux judiciaire qui menaçait Léon. Sa femme, dorénavant changée en ange gardien, entreprit de régler le problème. Il convenait de mettre en avant la précarité de la santé de son mari et elle ne doutait pas, avec cet argument, de forcer police et justice à renoncer définitivement à toutes poursuites. D'ailleurs, commenta-t-elle, on a fortement exagéré ce qui n'était que petits tripotages.

Le tsunami s'était mué en vaguelettes à marée basse.

Elle commença par congédier l'avocat que son mari avait choisi pour le défendre.

–Il va bien sûr falloir le payer, déclara-t-elle, et pas une modique somme (car naturellement il s'agissait du meilleur avocat, du plus grand spécialiste de ce type d'accusations). Enfin les choses sont ainsi, gémit-elle auprès de proches, il faut bien se soumettre : je paierai.

Car c'était elle qui payait ! Avec l'argent de qui ? La question n'était pas là. Elle était d'ailleurs très généreuse avec l'argent gagné par son conjoint. Quand elle était dans de bonnes dispositions, il lui arrivait souvent de lui dire, en public de préférence : « JE te paye ceci… ou, JE t'invite au restaurant… ».

En la circonstance, le congé signifié à l'avocat n'était peut-être pas la meilleure idée qu'elle ait eue. Elle ignorait tout du fonctionnement de la justice en matière pénale et imaginait qu'un vague prétexte suffisait à enrayer la machine. Hélas, ou heureusement, les problèmes ne se résolvent pas ainsi et, s'agissant d'un crime ou d'un délit, une fois le parquet saisi, plus rien ne peut interrompre son action.

Tout au plus, pour des raisons humanitaires, peut-elle être suspendue mais ce n'est que temporaire. Ce fut le cas. Le dossier demeura en suspens le temps que Léon se rétablisse mais au bout de quelques mois, les enquêteurs revinrent à la charge et, après s'être renseignés auprès des médecins pour savoir si l'homme était de nouveau apte à être interrogé, la réponse étant positive, l'instruction fut relancée.

Mado demeurait convaincue, malgré tout, qu'elle garderait la maîtrise de l'affaire. Elle ignorait encore qu'elle-même serait bientôt confrontée à des juges mais pour une tout autre histoire.

12

Mado était à présent parfaitement éveillée mais son esprit errait loin de la réalité. Elle se laissait porter par la vague de souvenirs qui lui procurait un bien être éphémère auquel elle s'accrochait pour échapper, autant que faire se peut, à sa triste réalité.

Elle revivait les moments d'intense bonheur partagés des mois durant avec Julien.

Leurs retrouvailles improvisées, au tout début de leur relation, s'étaient progressivement muées en organisation parfaitement structurée et quasi rituelle.

Travaillant en association avec un collègue, le jeune homme était soumis à des horaires variables selon les jours. Pour des raisons de commodité, les deux kinés exerçaient parfois simultanément au cabinet, parfois seuls. Ainsi disposaient-ils, alternativement, de matinées ou d'après-midis de liberté.

Mado avait très rapidement compris l'intérêt qu'elle pouvait tirer de la disponibilité de son nouvel amant. Les premiers temps, elle lui proposa des sorties au cinéma à Rouen. L'un comme l'autre éprouvait la même passion pour le septième art. Léon, pour sa part, ne s'y intéressait que médiocrement et du coup, ne les encombrait pas de sa présence.

Puis, de fil en aiguille, les films à l'affiche ne présentant pas toujours un attrait suffisant, les séances pseudo culturelles furent de temps en temps remplacées par d'autres qui l'étaient un peu moins, dans un petit hôtel d'un quartier peu fréquenté de la capitale de la Haute-Normandie.

Ainsi se créent les habitudes.

Cela n'empêchait pas le couple de se livrer occasionnellement à des ébats au domicile de la presque septuagénaire, lorsque son mari (le vrai, l'officiel) était absent. Mais, d'une part cette circonstance était de plus en plus rare, d'autre part des retrouvailles loin du village, amoindrissaient sensiblement le risque de cancans.

Le système soigneusement mis en place et parfaitement rôdé fonctionna un peu plus d'une année. Puis vint le jour où Julien expliqua à sa maîtresse qu'il serait dorénavant beaucoup moins disponible.

Un de ses anciens professeurs de l'I. F. M. K. (Institut de Formation en Masso-Kinésithérapie) lui avait proposé d'animer des séances de travaux pratiques pour des étudiants se destinant à la profession. Cette occupation nouvelle allait le mobiliser plusieurs heures chaque semaine mais pouvait-il laisser échapper l'opportunité d'une activité intéressante, plutôt bien rémunérée et qui, en outre, laissait entrevoir des perspectives d'avenir non négligeables ?

La vie de débauche et de plaisir que Mado avait laborieusement mise en place allait-elle lui échapper ? Ce bonheur tellement convoité et si chèrement acquis était-il destiné à se dissiper progressivement pour finir par disparaître ? Bien sûr elle avait presque le double de l'âge de celui sur lequel elle avait jeté son dévolu et savait bien que tout cela ne saurait être éternel mais elle se sentait encore la force d'aimer. Elle éprouvait encore un tel désir de donner et aussi de recevoir qu'elle ne pouvait croire à un achèvement si proche. Elle avait besoin de lui, mais lui aussi avait forcément besoin d'elle, d'elle qui lui avait tant apporté, d'elle qui lui avait tant appris.

Ce ne fut pas la fin de leurs relations, mais

celles-ci se raréfièrent considérablement. Au fil des semaines, les rencontres s'espacèrent de plus en plus. Julien trouvait toujours une bonne raison pour remettre ou éviter une invitation. Il était débordé de travail, tant à son cabinet qu'à l'institut où il exerçait ses fonctions d'assistant. Quand ce n'étaient pas les cours, c'étaient les réunions de concertation avec ses collègues qui l'obligeaient à se rendre à Rouen et lui absorbaient un temps considérable. Epuisé par toutes ces activités, il éprouvait parfois un besoin impérieux de se reposer. Et puis il y avait les copains, les anciens et les nouveaux auxquels il ne pouvait éternellement tourner le dos.

Mado n'était pas dupe. Elle percevait bien que toutes ces excuses n'étaient souvent que prétextes. Elle sentait son amant lui échapper et réalisait bien qu'une page se tournait, qui était probablement la dernière de sa vie amoureuse. C'était inéluctable mais, l'inéluctable était-il acceptable ? Alors, elle voulait savoir, elle voulait comprendre.

Elle entreprit donc de se livrer à une minutieuse enquête.

Le plus aisé fut d'abord de surveiller discrètement les allées et venues de Julien au cabinet dans lequel il exerçait. Ses horaires avaient-ils été modifiés ? Ses jours de permanences avaient-ils changé ? Apparemment, rien de nouveau. Il s'y rendait et en ressortait aux mêmes heures qu'auparavant.

Elle déplaça par conséquent le lieu de ses recherches du côté de Rouen. Cela n'était pas simple. Il s'agissait de ne pas se faire repérer. Julien connaissait parfaitement sa voiture et il aurait tôt fait d'en remarquer la présence. Elle choisit donc de la garer à une distance raisonnable de l'Institut de Kinésithérapie, et de préférence assez près d'un cinéma multiplex, ce qui lui permettrait d'avancer une justification facile dans le cas où, on ne sait jamais, celui qu'elle cherchait à filer discrètement la débusquerait.

Un abribus situé à une petite centaine de mètres de l'entrée de l'établissement scolaire lui offrait un poste d'observation privilégié. Les nombreuses voitures garées des deux côtés de la rue constituaient elles aussi une protection non négligeable.

La tâche ne fut pas aisée pour autant. À tout instant des personnes entraient ou sortaient de l'école puis subitement, tout un groupe jaillissait. La difficulté consistait alors à repérer rapidement l'individu recherché, lequel pouvait être dissimulé par d'autres.

En outre, Mado n'avait pas connaissance des horaires auxquels son amant était censé arriver ou repartir. Il lui fallut donc s'armer de patience. Durant plusieurs jours elle fit le guet sans succès. C'était décourageant. Julien lui aurait-il menti ? Aurait-il inventé cette histoire de travaux pratiques qu'il était censé enseigner ? L'aurait-il trompée à ce point ? Et pourquoi ? Non, c'était impossible. Le doute cependant s'installait.

Elle se lança alors dans de nouvelles investigations. Plutôt que « planquer » des heures durant, en attendant son éventuelle apparition, elle décida d'arpenter le quartier à la recherche de sa voiture. Le deuxième jour elle la repéra et ce fut pour elle un véritable soulagement. Le pire qu'elle avait imaginé s'effaçait brutalement. Comment avait-elle pu douter ?

Non, Julien ne se détournait pas d'elle. Seule, la nécessité l'éloignait provisoirement mais il aurait tôt fait de lui revenir. D'ailleurs, pouvait-il se passer d'elle après tout ce qu'ils avaient vécu des mois durant ? Elle trouverait bien le moyen de pallier ces problèmes d'emploi du temps.

Elle continua de venir rôder à Rouen les jours où elle le savait censé s'y trouver. À ce petit jeu de détective, elle faillit même se faire prendre le jour où il surgit au bout de la rue alors qu'elle ne s'y attendait guère et où elle n'eut que le temps de s'éclipser sous un porche par lequel on accédait à une cour privée.

Ce petit travail de filature avait certes des côtés fastidieux : se poster pendant des heures en attendant un événement incertain n'est pas toujours galvanisant. Toutefois, Mado trouvait à cette activité nouvelle un caractère excitant. Il y avait quelque chose d'enivrant dans ce jeu nouveau du limier.

A quoi cela l'amènerait-elle ? A vrai dire elle n'en savait rien jusqu'au jour où un événement amorça un virage important.

Julien sortit de l'institut mais au lieu de s'éloigner pour rejoindre sa voiture, il campa sur le trottoir sans qu'elle en comprenne bien la raison. Attendait-il quelqu'un ? Un collègue ? Par moment, il faisait quelques pas sur le trottoir, revenait à son point de départ, jetait un coup d'œil vers le hall de l'établissement, stationnait quelque temps et son manège recommençait.

Cela dura plusieurs minutes qui parurent à Mado interminables. Soudain, des jeunes gens sortirent de l'école par petits groupes. Une jeune fille se détacha de l'un d'eux pour se diriger résolument vers lui. Ils échangèrent un furtif baiser sur les lèvres, presque pudique, puis s'éloignèrent se tenant par la main.

Ce fut plus qu'une douche froide pour la vieille amoureuse. Tout un monde s'effondrait autour d'elle. Elle était trahie, mais pas seulement. Elle se sentait agressée, violentée par la jeunesse insolente, par la beauté de cette rivale surgie d'on ne sait où.

Son cœur se mit à battre à tout rompre. Elle tremblait, rageait, serrait les dents à s'en faire mal tant elle crispait sa mâchoire. Une autre en aurait pleuré. Elle, gardait les yeux secs. Ce n'était pas de la peine qu'elle éprouvait mais plutôt de la colère, de la fureur. Humiliée, outragée, mortifiée, elle ne pouvait accepter un tel affront. Elle ignorait encore comment, mais elle aurait sa revanche. De cela au moins elle était certaine.

13

Mado se garda bien de révéler à son ancien amant qu'elle avait découvert la liaison qu'il entretenait en cachette. Elle trouvait même quelque chose de jouissif à disposer de ce secret non partagé.

La fréquence de leurs rencontres était depuis longtemps très réduite mais les justifications invoquées par le garçon semblaient la satisfaire. Julien en était soulagé. Son ex-maîtresse se faisait presque discrète, ce qui n'était pas le moins surprenant et il aurait pu s'étonner de cette candeur nouvelle et inattendue mais, à quoi bon chercher des complications ?

Elle continuait cependant de le traquer sans bien savoir pourquoi et avait presque oublié les affaires de mœurs dont était soupçonné son mari. Un courrier du tribunal de grande instance les ramena subitement tous deux à la réalité.

L'enquête policière préliminaire étant à présent bouclée, le procureur de la République avait estimé les charges suffisantes pour transmettre le dossier à un juge d'instruction. Celui-ci, après signification à Léon de sa mise en examen, allait étudier toute l'affaire, décider si nécessaire d'investigations complémentaires, après quoi il prononcerait soit un non-lieu soit le renvoi devant un tribunal correctionnel ou une cour d'assises, selon la qualification qu'il estimerait la plus adaptée aux faits.

De toute évidence, en remerciant l'avocat de son mari, Mado avait été un peu vite en besogne.

Léon réalisa que, se tirer du mauvais pas dans lequel il était engagé ne serait pas aussi simple que son épouse ne l'avait imaginé. Lui faire confiance sous prétexte qu'elle se montrait affirmative comportait un vrai risque, d'autant plus que ses connaissances dans le domaine juridique n'étaient pas plus sûres que dans le domaine médical, littéraire ou artistique. Aussi décida-t-il de ne plus se fier, à l'avenir, qu'à lui-même et de n'écouter que les conseils de son défenseur plutôt que de suivre l'instinct de sa femme.

Dorénavant, il ne livrerait ses informations qu'au compte gouttes et resterait autant que faire se peut dans le vague. Garder secrets les éléments importants serait gage de prudence.

Cela ne fut jamais exprimé de manière explicite mais Mado ne pouvait être dupe. Elle constatait bien que son mari se fermait comme une huître dès qu'elle faisait la moindre allusion à ses démêlés judiciaires.

Que la vie était injuste ! Son jeune amant la quittait pour une jeunette, Léon la tenait à distance de ses problèmes, elle avait perdu la confiance de sa fille et de sa petite-fille. Elle, qui avait été présente sur tous les terrains, qui avait toujours tout régenté, qui était incontournable se trouvait subitement marginalisée pour ne pas dire rejetée. Plus qu'un signe de défiance, elle vivait cela comme un véritable affront.

Léon devait répondre à des convocations chez le magistrat instructeur et, s'il lui était difficile de le cacher, il ne faisait pas la moindre confidence concernant la teneur de ces entretiens. Plus elle le questionnait, plus il se murait dans le silence. C'était insupportable !

Un jour qu'il s'était absenté, elle entreprit d'aller fouiller une nouvelle fois dans ses affaires, ce qu'elle n'avait plus fait depuis quelques mois, cela dans le seul but de satisfaire sa curiosité. Elle retrouva, toujours dissimulé derrière la même rangée de livres le dossier renfermant toutes les pièces.

Elle passa un long moment à décortiquer soigneusement ces documents quand le bruit d'une voiture s'arrêtant la fit sursauter. Elle n'avait pas vu le temps passer. Léon serait-il déjà de retour ? Rapidement elle regroupa tous les papiers et referma la chemise cartonnée qu'elle remit à sa place. C'est alors qu'elle aperçut, un peu à l'écart, un objet métallique noir dissimulé lui aussi derrière les livres en façade. Il s'agissait d'un pistolet. Son sang ne fit qu'un tour. Depuis quand Léon possédait-il une arme ? Qu'envisageait- il de faire avec ? Elle n'avait pas le temps de répondre aux questions qui envahissaient subitement son esprit car il risquait de paraître d'une seconde à l'autre et de la surprendre. Elle remit tout en place en évitant de laisser la moindre trace de sa fouille et sortit le cœur battant.

Fausse alerte : le véhicule qu'elle avait entendu appartenait à une personne venue rendre visite aux voisins d'en face. Elle regagna son propre domicile où elle s'effondra sur le canapé du salon. Mille idées trottaient dans sa tête. Elle n'avait naturellement pas pu prendre connaissance de l'intégralité des écrits et avait bien l'intention, à la première occasion, d'aller compléter ses connaissances. Mais une autre préoccupation l'obsédait dorénavant : que signifiait la présence de ce pistolet dissimulé chez Léon ? Il n'avait jamais eu la passion des armes.

Elle fut tentée de retourner vérifier si que ce qu'elle avait vu n'était pas une arme factice mais la crainte d'être surprise l'en empêcha. Longtemps elle resta prostrée, imaginant toutes sortes d'explications plus folles les unes que les autres.

Lorsque Léon revint, elle s'efforça de ne rien laisser paraître de son trouble et y parvint assez bien.

Une fois encore elle dormit très mal la nuit qui suivit.

Elle ne pouvait rester sur cette incertitude. Aussi, dès le lendemain matin trouva-t-elle le moyen d'éloigner son mari en le chargeant de quelques commissions qu'elle prétendait indispensables.

Dès qu'il se fut éloigné, elle se précipita dans sa garçonnière. Compléter sa lecture de la veille n'était pas le plus urgent et elle remit cette tâche à plus tard. Elle ne s'intéressa qu'au pistolet découvert la veille. Aucun doute, il n'avait rien d'un jouet ou d'un accessoire de théâtre. Léon aurait-il l'intention de se suicider si son affaire menaçait de tourner mal ? Rien n'était impossible. Jamais il ne prendrait le risque d'aller en prison et elle le croyait tout à fait capable de commettre l'irréparable.

Elle n'hésita pas à confisquer l'arme. Elle ne l'avait pas sorti de son cancer pour qu'il finisse avec une balle dans la tête. Replaçant consciencieusement les livres utilisés pour masquer le dossier, elle prit soin d'en décaler quelques-uns d'à peine un millimètre par rapport aux autres à l'endroit où le pistolet était censé être dissimulé. Elle pourrait ainsi vérifier à l'avenir si son époux l'avait cherché. Inutile de traîner. Elle retourna rapidement chez elle avec son précieux trophée.

Bien lui en prit. À peine était-elle arrivée dans sa cuisine que Léon surgit. Distrait comme il pouvait l'être quelquefois, il avait oublié sur la table la liste des courses dont il était chargé.

Prise au dépourvu, Mado n'eut que le temps

de glisser l'arme dans son sac fourre-tout qui traînait comme toujours sur le buffet. C'était peut-être la meilleure cachette car Léon ne le fouillait jamais.

Elle trouva bien des occasions, les jours qui suivirent, d'aller consulter le dossier judiciaire dont elle tenait à connaître les moindres détails.

Tout reposait principalement sur les accusations des deux prétendues victimes : Valérie et Clotilde. Elle constata que des témoignages de moralité abondaient. Les uns renforçaient l'accusation, les autres étaient favorables à la défense. En somme, il ne fallait pas compter sur eux pour faire pencher la balance dans un sens ou dans l'autre.

Assez régulièrement, elle se rendait à Rouen histoire de vérifier si son ancien amant gardait toujours les mêmes relations avec la jeune fille qu'elle avait aperçue en sa compagnie.

À défaut de repérer Julien, c'est cette dernière qu'elle vit sortir de l'institut de formation. Elle lui emboîta le pas. Cette filature improvisée la conduisit à parcourir près d'un kilomètre dans les rues de la vieille ville jusqu'au moment où l'étudiante pénétra dans un immeuble.

Mado demeura un moment sur place sans trop savoir que faire. Sans doute logeait-elle ici et, si tel était le cas, il n'était pas certain qu'elle ressorte de sitôt. Et quand bien même ? Elle observa soigneusement les lieux. Il s'agissait d'un vieil immeuble de trois étages à colombages dont la façade avait été rénovée. Un ciment teinté ocre avait remplacé le torchis. Elle observa les fenêtres à petits carreaux peintes en blanc, toutes munies de voilages. Peut-être l'une d'entre elles allait-elle s'ouvrir pour laisser paraître sa jeune rivale ? Elle patienta de longues minutes sans que rien ne bouge. Elle s'efforçait de garder une contenance afin de ne pas intriguer ceux qui, de leur fenêtre ou de passage dans la rue, pourraient se demander pourquoi elle stationnait à cet endroit.

Il s'écoula près d'un quart d'heure, et elle envisageait de repartir, quand Julien surgit au coin de la rue. Elle n'eut que le temps de se dissimuler derrière une camionnette. Par chance, il ne l'avait pas vue.

Sans la moindre hésitation, il se dirigea vers la porte par laquelle était entrée la jeune fille quelques minutes plus tôt, composa le digicode et pénétra dans l'habitation.

Inutile de demeurer sur place plus longtemps. Il n'était pas difficile de deviner la suite des événements. Elle rebroussa chemin.

Elle se sentait oppressée, à la fois effondrée mais aussi revigorée par la haine qui l'envahissait. C'est peut-être la première fois qu'elle réalisa à quel point elle avait vieilli. Une jeunesse insolente la chassait. Insoutenable, intolérable. Julien lui paierait cette humiliation.

14

La justice opère à son rythme : les événements semblent parfois se précipiter puis c'est de nouveau le calme plat, tout semble figé, il faut attendre. L'instruction du dossier de Léon n'échappa pas à la règle.

Plus de nouvelles convocations, plus de courriers suspects. Mado vérifiait régulièrement, en cachette, les documents accumulés par son mari. Y figurerait-il une pièce nouvelle, un témoignage, un procès verbal ou même une lettre de l'avocat ? Rien. Pas le moindre signe d'une quelconque évolution.

C'était à la fois rassurant et préoccupant. Pouvait-elle en tirer la certitude formelle que rien ne se tramait dont elle ne serait pas informée ?

Elle se sentait subitement inutile, impuissante.

Léon vivait sa vie comme il l'avait toujours fait. Son amant la délaissait. Sa fille lui avait définitivement tourné le dos. Quant à ses fils, ils avaient leurs préoccupations et puis, comme ils demeuraient à près de mille kilomètres de leurs parents, ils n'entretenaient plus avec eux que des relations épisodiques.

Tic-tac passait bien un coup de fil de temps en temps mais c'était en général parce qu'il était à court d'argent : un appel au secours en quelque sorte.

Elle n'avait même plus le goût d'aller au cinéma et, quand elle prétendait s'y rendre, ce n'était que pour justifier une escapade. En vérité, elle descendait à Rouen dans le seul but d'espionner Julien et sa nouvelle compagne.

Quelle folie la prit subitement ce jour où, une fois de plus, elle était venue les surveiller ?

Les apercevant au loin, elle sentit une fois de plus la rage monter en elle. Julien tenait son amie par les épaules tandis qu'elle passait le bras autour de sa taille. Ils devisaient joyeusement. Ils riaient. Ils respiraient le bonheur. Pour Mado, c'en était indécent. Quand ils arrivèrent à hauteur de l'entrée de l'institut, ils s'embrassèrent longuement puis Julien pénétra seul dans l'établissement. Un dernier regard et la jeune fille poursuivit son chemin. Lui allait probablement assurer un cours tandis qu'elle était probablement libre à cette heure-là.

Mado n'avait rien prémédité de son intervention. C'est du moins ce qu'elle prétendit tout au long de l'instruction comme durant son procès. Une force occulte, à laquelle elle ne put résister, la poussa à agir.

Elle apostropha la jeune fille avec une rare agressivité. Julien n'avait que faire d'une minette dans son genre. Il n'en était pas, d'ailleurs, à la première conquête de son espèce. Il ne tarderait pas à la jeter comme il avait jeté toutes les autres, comme il l'avait jetée elle. Car oui, elle-même avait été sa maîtresse, ne lui en déplaise...

La jeune fille demeurait muette, totalement décontenancée. Mado insistait, les injures fusaient. Elle la traita de pute, de salope et de bien d'autres noms d'oiseaux. Dans ce style de vocabulaire, elle n'était jamais à court. Elle écumait. La bave lui venait aux commissures des lèvres. Elle bouscula violemment son adversaire, l'attrapa par les cheveux. Pour se dégager, celle-ci lui donna un coup de coude dans la figure et des coups de pied dans les jambes. Mado, lâcha prise un instant. L'autre en profita pour la repousser avec force, la faisant chuter lourdement. Mais c'est à peine si la vieille harpie sentit la douleur tant sa colère était vive.

Parvenue à se dégager et n'ayant nulle envie de poursuivre la bagarre, la jeune fille tourna les talons et repartit dans la direction opposée non sans traiter son agresseure de « foldingue » et de « vieille peau ».

Probablement avait-elle l'intention de se réfugier dans l'institut de formation des kinés.

Le dernier qualificatif adressé à Mado, plus que tous les autres l'avait profondément blessée. Il décupla sa férocité ? Elle l'avait traitée de « vieille peau », cette midinette, trop belle, trop jeune, cette allumeuse. Elle se releva d'un bond et se lança à sa poursuite. L'autre ne lui prêtait plus aucune attention. Elle accélérait son pas. Mado plongea la main dans son sac fourre-tout, en sortit le pistolet qui s'y trouvait depuis qu'elle l'avait subtilisé à Léon et fit feu à plusieurs reprises sur la jeune fille qui s'effondra sur le trottoir.

L'enquête démontra que quatre balles avaient été tirées, trois d'entre-elles ayant atteint la victime, toutes dans le dos. C'était plus qu'un détail et ce fut probablement une des raisons de la sévérité de la peine prononcée par la cour d'assises. En outre, la présence du pistolet dans le sac de Mado inclina le jury à en déduire la préméditation.

Transportée au CHU de Rouen, la jeune fille décéda dans la soirée sans avoir repris connaissance.

Un groupe de jeunes gens, qui avaient été témoins de la scène, se précipita sur la meurtrière.

Mado rua en tous sens et se redressa d'un bond. Son cœur battait à tout rompre. Elle était en sueur.

Elle ouvrit les yeux sur la morne cellule dans laquelle elle était détenue. Dehors il pleuvait à torrent. Elle jeta un coup d'oeil à son réveil. Il marquait midi moins dix. Après sa nuit d'insomnie, elle avait dormi comme une souche toute la matinée.

La moiteur de son corps augmentait son malaise. Elle se leva paresseusement pour se rafraîchir le visage au lavabo avant de changer de vêtements. Elle observa son visage dans son minuscule miroir et s'attarda sur ces rides que, jusque là, elle feignait ne pas remarquer. Sa peau craquelée faisait penser à une terre argileuse desséchée par le soleil après des mois sans pluie. Elle prit conscience qu'elle était devenue une vieille femme.

EPILOGUE

Mado ne revit jamais Julien, pas plus que ses propres enfants. S'agissant de Valérie, cela n'avait rien de surprenant mais les garçons aussi l'abandonnèrent rapidement à son sort.

Tic-tac lui écrivit quelques lettres au début, promettant chaque fois de lui rendre visite quand il en aurait le temps, mais il devait être très occupé car il n'en fit rien. Sa correspondance, au fil du temps, se raréfia jusqu'à cesser définitivement.

Léon, par contre, se montra très assidu au parloir. Il n'échangeait avec sa femme que des banalités et évitait d'évoquer l'affaire de viol pour laquelle il était poursuivi. Chaque fois qu'elle le questionnait à ce sujet, il prétendait être sans nouvelle. Selon lui, l'affaire stagnait. Probablement le juge d'instruction avait-il la conviction que les accusations étaient sans fondement et cherchait-il à enterrer le dossier.

La vérité était quelque peu différente. Les griefs de viol ayant été requalifiés en accusation d'attouchements sexuels, un procès eut bien lieu mais devant le tribunal correctionnel et non la cour d'assises. Compte tenu de l'ancienneté des faits, et surtout de l'absence de preuves, une relaxe fut prononcée au bénéfice du doute.

Il avait détruit la vie de sa fille et de sa petite-fille mais il avait sauvé la sienne et, quand il voyait ce qu'il était advenu de son épouse, il n'était pas loin de considérer qu'il était bienheureux.

Pendant plus de deux ans, il visita très régulièrement son épouse, se rendant à la prison quasiment chaque semaine. Seul un motif sérieux était susceptible de lui faire manquer ce rendez-vous hebdomadaire.

Il procurait à Mado le nécessaire pour lui permettre de cantiner.

Puis ses visites s'espacèrent sans qu'il fournisse de raison. Elle n'en fut que moyennement affectée et subit ce changement avec résignation. Il est vrai qu'elle semblait de plus en plus perdre la notion du temps. Quand il cessa définitivement de venir la voir, elle ne réalisa pas qu'une page avait été tournée. Elle mettait cette défaillance sur le compte de quelque empêchement, persuadée que ce n'était que partie remise.

Il s'écoula près d'un an avant qu'elle apprenne qu'il était décédé et ne sut même pas de quoi ni dans quelles conditions.

Elle était atteinte d'un début de maladie d'Alzheimer qui se manifestait par des moments d'absence totale. Il lui arrivait, sans qu'on puisse à proprement parler de délire, de partir dans un monde totalement imaginaire. Comme elle l'avait toujours fait, elle s'inventait alors un passé brillant mais cette fois, sans souci de donner à ses propos un caractère de rationalité pour les rendre crédibles.

Si elle continuait théoriquement à travailler, sa fréquentation de l'atelier était de plus en plus fantaisiste mais on était plus tolérant avec elle qu'avec les autres détenues, en raison de son âge et aussi de son état.

Un matin, une surveillante venue la chercher, la trouva assise sur son lit. Elle se tenait bien droite et affichait un sourire béat. Maquillée comme une tenancière de la rue Saint-Denis, les paupières fardées à outrance, un rouge à lèvres écarlate débordant autour de sa bouche, elle s'était habillée du mieux qu'elle avait pu, c'est à dire avec un goût plutôt douteux. A côté d'elle, sur son lit, elle avait rassemblé l'essentiel de ses affaires dans un baluchon improvisé réalisé avec un manteau.

– Je ne peux pas aller travailler, déclara-t-elle, je dois partir. Il va venir me chercher.

À qui pensait-elle en disant « il » ? À Julien ? À Léon ?

La femme ne répondit rien. Elle eut seulement un imperceptible haussement d'épaules, sortit, et referma la porte de la cellule.

Vergies, juin 2016.